GIOCHIAMO COL FUOCO

IL FUOCO DELLA PASSIONE

J.H. CROIX

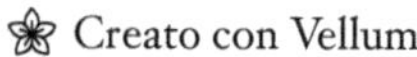 Creato con Vellum

Capitolo Uno

DONOVAN

Me ne stavo appoggiato al bancone del bar del Wildlands, con una birra in mano e lo sguardo rivolto verso la sala ristorante. Come al solito, brulicava di gente. Io ero rintanato in un angolino che mi offriva un'ottima visuale della stanza. Guardandomi un po' intorno, mi cadde l'occhio su una ragazza che giocava a biliardo, poco distante.

Trovandoci in piena estate poteva benissimo essere una dei tanti turisti che con il caldo si fermavano a Willow Brook, un piccolo paesino dell'Alaska. Mi spinsi via dal bancone, attratto da lei come da una forza magnetica.

I suoi capelli color ambra scuro le ricadevano come una cascata sulla schiena, lunghi quasi fino alla vita. Con un colpo secco, se li spostò dietro la spalla. Indossava dei jeans con degli stivali da cowboy, abbinati a una camicetta rossa piuttosto larga. Ma me lo *sentivo* che quella seta nascondeva curve da capogiro.

Stava giocando contro alcuni uomini e pareva piuttosto brilla. Mi ero avvicinato al tavolo senza neanche pensarci, ma cominciai a percepire una tensione palpabile che avvolgeva il gruppo. Due dei suoi avversari la stavano praticamente spogliando con gli occhi.

C'erano due tipi ben distinti di uomini. Se io mi ero semplicemente fermato ad ammirarla, quei due la stavano fissando come fosse un pezzo di carne. Era come se fossi finito in mezzo a un branco di lupi che non aspettavano altro che azzannare la propria preda. Come se non bastasse, lei non sembrava neanche essersene accorta. Era troppo concentrata sulla partita. Alzai la guardia, pronto a menare le mani.

Come lei si piegò sul tavolo per lanciare, uno dei ragazzi le palpò il sedere. Rapida come un fulmine, chiuse la mano a pugno e si voltò, colpendolo dritto sul naso.

"Non toccarmi!" urlò lei, puntandogli contro la stecca.

D'accordo, sapeva cavarsela benissimo da sola.

"Che cazzo fai?!" Il cretino si passò una mano sotto il naso insanguinato.

"Non azzardarti a toccarmi il culo."

Un altro tizio sogghignò. "Beh, dolcezza, non puoi mica pensare di cavartela, se passi il tempo a mettere in bella mostra il tuo bel culetto."

"Oh, ma *vaffanculo*," replicò lei.

Mi feci strada tra la gente per raggiungerla. Neanche la conoscevo, ma mi sentivo in dovere di salvarla dalla situazione scomoda.

"Sto giocando a biliardo. Non vedo perché voi idioti dovreste sentirvi in diritto di toccarmi," affermò, agitando di nuovo la stecca.

Afferrai la punta e gliela strappai di mano. Mi sarebbe piaciuto proprio tanto vederla stendere quegli stronzi, ma così facendo sarebbe passata dalla parte del torto. Mi guardai intorno e dissi, "Ok, ragazzi, ora basta."

"Oh, mi ha dato un pugno, cazzo!"

"Sì, perché tu le hai palpato il culo senza il suo permesso. Quindi ora fatti da parte."

Mike, il barista, si avvicinò a sussurrarmi all'orecchio. "Ehi, è Jasmine Phillips, la sorella di Levi. È venuta in macchina, quindi ora le chiedo le chiavi. Ti dispiace accompagnarla a casa?"

Aah, merda. Levi era un mio amico. Eravamo colleghi alla caserma di Willow Brook. Riaccompagnarla a casa non sarebbe stato molto appropriato, ma allo stesso tempo volevo allontanarla al più presto da quel casino.

"Nessun problema," risposi, guardandolo. "Quando usciamo chiamo subito Levi."

Mike si avvicinò al gruppo di ragazzi, mentre io raggiunsi Jasmine. Appena prima che potessi dire qualcosa, si voltò verso il tipo che aveva allungato le mani. "E vedi di non toccarmi mai più il culo."

Sbuffando indignata, mi guardò. Cazzo, quanto era bella. Aveva le guance arrossate e due fiamme ardenti negli occhi. Il mio corpo reagì subito a tanto splendore. Le lunghe ciocche ambrate le incorniciavano il viso, in cui spiccavano profondi occhi blu zaffiro.

Venni interrotto di nuovo quando Mike si fermò davanti a lei. "Forza, dammele," disse, allungando la mano.

"Che cosa dovrei darti?" gli chiese lei, perplessa.

"Le chiavi. Se non lo conosci, lui è Donovan Ryan, un collega di Levi. Ti accompagna a casa."

"Che cazzo dici?" imprecò lei, guardandoci.

"Senti un po', hai preso a pugni un tizio e sei ubriaca. Non ti faccio guidare," replicò Mike, inflessibile.

Jasmine continuava a fissarci con aria contrariata.

Dopo un attimo di tensione, scosse la testa. "No, non ho bisogno di un passaggio."

"Se ti metti al volante, allora io chiamo la polizia. Scommetto che arriverebbero qui a piedi prima ancora che tu riesca a uscire dal parcheggio," la minacciò Mike, minimamente turbato dalla sua frustrazione. "Allora, hai tre opzioni: uno, torni a casa con Donovan; due, chiamo Levi per farti venire a prendere; tre, il tizio che hai picchiato chiama la polizia per denunciarti. Scegli tu."

Jasmine alzò gli occhi al cielo, sospirando. "E va bene. Devo darti le mie chiavi anche se mi accompagna lui?" Mi indicò col pollice.

Quando Mike scosse la testa, lei mi guardò. "Piacere di conoscerti, Donovan."

Risposi con un semplice cenno del capo, troppo occupato a distrarmi dal suo corpo sexy come il peccato.

Mike inclinò la testa di lato. "Quindi vai con lui?"

Jasmine annuì e si girò, incamminandosi verso l'uscita.

"Beh, allora vado," dissi con una risata.

"Levi te ne sarà molto grato," mormorò Mike, quando gli passai accanto.

I capelli di Jasmine ondeggiavano appena sopra la vita mentre si faceva strada tra i tavoli, scomparendo nel corridoio sul retro. La raggiunsi presto, prendendola al volo quando inciampò per schivare un gruppetto di persone.

"Maledizione," bisbigliò.

La stavo reggendo per il braccio, ma quando si liberò dalla mia presa riprese a barcollare, finendo contro la parete. Rimase ferma lì e mi guardò, facendo scivolare lo sguardo sul mio corpo.

"Cazzo, sei proprio un figo," dichiarò, con un sorrisetto malizioso.

Feci un bel respiro, gli occhi puntati sul suo viso. "E tu da ubriaca dici molte parolacce."

Ma la valle tra i seni era come una calamita, esposta ai miei occhi quando Jasmine si spostò dei capelli dagli occhi e fece scivolare la camicetta con il movimento del braccio.

"E che cazzo ci sarebbe di male nelle parolacce?" domandò.

"Nulla, proprio nulla."

I suoi profondi occhi blu mi studiarono intensamente. "Devi essere qui da poco. Non ti conosco."

"Dipende da cosa intendi con poco. Mi sono trasferito due anni fa per unirmi a una delle squadre di hotshot. È così che conosco tuo fratello. Che ne dici se ora ce ne andiamo, eh?"

Dopo qualche secondo, si spinse via dalla parete. Le strinsi piano il gomito e, questa volta, non si oppose. Varcammo la porta, uscendo nell'aria fresca estiva. Erano quasi le nove di sera e il sole stava giusto svanendo all'orizzonte, una striscia arancione che scendeva dietro le montagne. Sfumature arancioni, rosse e dorate tingevano il cielo.

Jasmine si bloccò di colpo in mezzo al parcheggio. Sollevò la testa e prese un bel respiro profondo. "Amo l'aria che c'è qui, sai? È la migliore del mondo," mormorò piano.

L'aria estiva dell'Alaska portava con sé gli odori della natura, dagli abeti rossi dei boschi alla freschezza delle montagne circostanti. Il lago di Swan si estendeva di fronte a noi, appena oltre il parcheggio sul retro del resort.

Jasmine mi guardò attentamente. "Scommetto che non sei uno stronzo," disse piattamente.

"Faccio del mio meglio per non esserlo," risposi, incerto su dove volesse andare a parare.

La rabbia, la spavalderia e la spericolatezza che aveva mostrato fino a quel momento svanirono in un lampo, come se un mero pensiero avesse placato quella sua frustrazione.

Dopo un momento di pausa, si avvicinò. Prima che potessi realizzare cosa stava succedendo, Jasmine si sollevò, mi passò una mano attorno alla nuca e mi baciò. Ci rimasi di sasso, sconvolto. Ma quando la sua bocca cominciò a muoversi, il mio corpo reagì.

Affondai una mano tra i suoi folti capelli e attirandola a me feci scivolare la lingua sul bordo delle sue labbra. Al che le sfuggì un gemito che mi riportò violentemente alla realtà. Mi staccai subito da lei, scuotendo la testa per riprendermi.

"Perché l'hai fatto?"

Sorrise, con un luccichio negli occhi. "Non ho resistito. Hai una bocca troppo sexy."

Detto ciò, mi passò un dito sulle labbra, lasciandosi dietro una scia infuocata.

"Devi portarmi da Levi," annunciò, abbassando la mano.

"Ti porto dove vuoi. Forza, andiamo," dissi, voltandomi per resistere all'impulso feroce di baciarla di nuovo.

Jasmine mi seguì, il passo più lento. Emanava un'aura di stanchezza e tristezza. Seduti nel mio pick-up, sospirò profondamente e poggiò la testa al sedile.

"Ah, comunque Levi non lo sa che sono qui," mormorò.

Fantastico, meraviglioso. L'avrei portata da lui, ma sicuramente doveva esserci un motivo se era tornata in città senza parlarne con suo fratello.

Ma io non ne sapevo nulla, sapevo soltanto che era una donna bellissima e che mi sentivo attratto da lei come da una calamita. Quando poi avevo visto quel lampo di tristezza in quei sui occhi così meravigliosi, un pericoloso senso di protezione mi si era risvegliato dentro.

Conoscevo l'indirizzo di Levi, quindi partii in quella direzione. Quando arrivammo, Jasmine dormiva profondamente. Scesi dall'auto senza far rumore, chiedendomi se mi convenisse bussare o portarla direttamente dentro.

Diedi un'occhiata alle finestre oscurate, realizzando che avrei svegliato comunque lui e Lucy. Feci il giro del pick-up e aprii la portiera. Sapevo che prendere in braccio la deliziosa Jasmine Phillips non sarebbe stata una mossa saggia, dato che sentivo di volerlo un po' *troppo*. Mi feci forza e le slacciai la cintura, stringendo i denti quando un dolce sospiro le uscì dalle labbra.

Era calda e formosa. Sentivo il suo fisico atletico e la morbida curva del seno contro il petto. Merda. Ordinando al mio pene di stare buono, mi avvicinai in tutta fretta alla porta. Bussai e rimasi in attesa. Dopo un bel po', Levi venne ad aprire, guardando entrambi con aria assolutamente confusa.

"Che ci fai qui a quest'ora? E che diamine ci fa Jasmine con te?"

"In breve, era al Wildlands, il barista non voleva che tornasse da sola e ha chiesto a me il favore di accompagnarla."

Era un ottimo riassunto, che escludeva però i dettagli più spinosi.

Levi strabuzzò gli occhi e si passò una mano tra i capelli spettinati. Aveva gli stessi occhi blu di sua sorella, in quel momento molto assonnati. Era ovvio che stesse dormendo. "Ma che cazzo?" mormorò infine.

"Già, mi ha detto che tu non ne sapevi nulla."

Levi aveva l'aria assolutamente disorientata, ma annuì e aprì la porta, invitandomi a entrare. Lo seguii e lasciai Jasmine sul divano. Tra quel bacio inaspettato e la sensazione del suo corpo premuto contro il mio, stavo affrontando un'intensa battaglia interiore.

Levi mi invitò a seguirlo in cucina. "Grazie, bello. C'è qualcosa che dovrei sapere?" mi domandò.

Probabilmente era meglio che venisse a saperlo da me, e non tramite qualche pettegolezzo, che sua sorella aveva preso a pugni un tipo che l'aveva molestata. "Beh, il barista ha chiesto il mio aiuto perché tua sorella ha tirato un pugno a un tipo che le ha toccato il sedere."

Levi sbarrò gli occhi per lo shock e poi scosse lentamente la testa, contrariato. "Per caso conosci quello stronzo?"

"No. Ma ho visto che lei non si fa mettere i piedi in testa."

"Oh, già, da nessuno," disse con una risata. "Grazie ancora per averle dato un passaggio."

"Nessun problema. Ci vediamo in caserma."

Tornai a casa nell'oscurità, con un singolo pensiero fisso nella mente: le labbra di Jasmine sulle mie. Scossi con forza la testa per allontanarlo, mentre la luna e le stelle facevano la loro comparsa nel cielo.

Capitolo Due

Jasmine

La forte luce del sole mi svegliò, scaldandomi il viso. *Ugh*. Mi stava scoppiando la testa. Ci misi un attimo per orientarmi. Aprii lentamente gli occhi, prima uno e poi l'altro, e mi resi conto di essere nella camera degli ospiti di Levi e Lucy. Ero ancora vestita, con la camicetta attorcigliata attorno alla vita. Ricordavo vagamente la voce di Levi e il rumore dei suoi passi mentre mi portava al piano di sopra.

Flash della notte precedente mi apparvero davanti agli occhi. Un ragazzo bellissimo, alto, capelli scuri e sexy da morire, mi aveva accompagnata lì da mio fratello.

Purtroppo, il suo nome mi sfuggiva. Ma ricordavo alla perfezione il suo fisico e la sensazione della sua bocca sulla mia.

Mi gettai un braccio sul viso, le guance in fiamme. Quell'uomo aveva capelli quasi corvini e profondi occhi color nocciola. Li avevo studiati attentamente, un misto di verde e oro sopra una base color noce moscata. I lineamenti del viso erano ben definiti: zigomi scolpiti, mascella squadrata, naso leggermente adunco come se qualcuno gliel'avesse rotto, e una bocca sensuale con una fossetta in mezzo al mento.

I miei ricordi erano abbastanza confusi, ma ricordavo che con lui mi ero sentita al sicuro. Mi vergognavo da morire per averlo baciato così all'improvviso, ma ero sicura di aver visto fiamme di desiderio danzargli negli occhi.

Chi diamine era?

Dovevo assolutamente scoprirlo. Ma più tardi. Per il momento, avevo problemi ben più grossi a cui pensare. Non mi sentivo per niente pronta ad affrontare Levi, di certo non in quelle condizioni pietose. Gli volevo un mondo di bene, ma era uno di quei fratelli maggiori ultra-protettivi. Ero tornata a casa all'improvviso, senza neanche avvisare, quindi mi aspettavo una valanga di domande. Mi vedeva come una ragazza troppo scatenata, troppo ribelle. O almeno tempo prima mi aveva detto così. Speravo di non incrociarlo per casa, ma magari avrei beccato mia cognata, Lucy. Con lei sarebbe stato più facile.

Spostai lentamente il braccio dal viso e mi strofinai gli occhi. Facendo attenzione a non muovere troppo la testa, che già mi stava esplodendo, mi sedetti sul bordo del letto e mi alzai con molta cautela.

Aprii giusto un pelo la porta e drizzai le orecchie. Regnava il silenzio più assoluto, quindi uscii in corridoio e andai in bagno. Mi fermai per un momento quando superai l'angolo della balconata. Quella casa mi piaceva da morire. Levi l'aveva costruita da solo. Al piano di sopra, una balaustra correva su tutti i lati, mentre la parete sul davanti era un'alta vetrata che si levava fino al tetto.

Una nebbiolina si alzava dal prato, mentre il sole illuminava l'erba e i fiori bagnati di rugiada. Le finestre si aprivano su un campo con un laghetto. Abeti rossi e betulle punteggiavano il terreno, unendosi alla foresta che si estendeva fino ai monti in lontananza. Un senso di gioia mi pervase. Il mio cuore apparteneva all'Alaska, la mia terra.

Guardai giù, controllando il soggiorno. Sembrava non ci fosse nessuno. Allora sospirai e mi trascinai in bagno. Mi fermai davanti allo specchio e quasi non mi riconobbi. Ero un vero disastro, con i capelli spettinati, le pieghe delle lenzuola sulla guancia e gli occhi gonfi e spenti.

Santo cielo. Speravo davvero che quel fusto della sera prima mi avesse vista in condizioni decisamente migliori. Feci per spogliarmi, quando notai un bigliettino attaccato al mobiletto vicino alla doccia, con sopra una pila di asciugamani puliti.

Buongiorno, Jasmine. Levi è già andato in caserma e io ho qualche commissione da sbrigare. Ti lascio un cambio di vestiti. Ci vediamo quando torno. Per il caffè, ti basta accendere la macchinetta. In frigorifero ci sono dei bagel e del formaggio spalmabile. È bello riaverti a casa.

Lucy

PS: Levi non ci sta capendo un fico secco.

Scoppiai a ridere, perché cos'altro avrei potuto fare? Lucy era la cognata migliore del mondo. Amava il sarcasmo ed era un po' particolare, ma la si amava proprio così com'era.

Mi spogliai ed entrai in doccia, sospirando soddisfatta quando l'acqua calda mi colpì la pelle. Bastò giusto quello ad attenuare il mal di testa.

Nel frattempo, mi tornarono alla memoria altri ricordi della sera prima. Per la precisione, quell'idiota che si era meritato un pugno in faccia per avermi toccato il culo.

Morivo dalla voglia di sentire il parere di Levi.

Dopo la doccia, buttai giù due pastiglie di Ibuprofene trovate nell'armadietto dei medicinali e scesi al piano di sotto con i vestiti lasciati da Lucy. Era più piccolina di me, ma preferiva indossare abiti piuttosto larghi. Proprio per questo, i pantaloni e la maglietta mi stavano alla perfezione.

Ma tanto non dovevo andare da nessuna parte, quindi non che mi importasse molto del mio aspetto. Dopo aver preparato il caffè e un bagel con formaggio, mi sedetti al tavolo della cucina per mangiare. Con lo stomaco pieno, sentivo di star tornando alla normalità.

La tensione che mi stava soffocando allentò un poco la presa. Cinque giorni prima, ero tornata a casa dal lavoro per prendere il pranzo che avevo dimenticato in cucina. A San Francisco dedicavo la mia vita alla cooperativa di ceramiche che amavo e lavoravo alla galleria d'arte per far quadrare i conti. Avevo orari folli e durante la settimana passavo ben poco tempo a casa. La mia mente tornò a quel terribile pomeriggio che mi aveva spinta a tornare in Alaska.

Arrivo all'appartamento che condivido con il mio promesso sposo per recuperare il pranzo. Appena metto piede dentro, sento un forte tonfo. Da vera idiota, faccio un po' come i protagonisti dei film horror e seguo il rumore martellante, arrivando alla porta della nostra camera da letto. Terrorizzata al pensiero che possa esserci un ladro, afferro il vaso che c'è all'ingresso, pronta a usarlo per difendermi. Poggio la mano sulla maniglia e un brivido gelido mi percorre la spina dorsale, lo stomaco si chiude in una morsa.

Spalanco la porta e mi viene da vomitare quando vedo Glen, il mio uomo, sdraiato sul letto con Lisa, la vicedirettrice della galleria d'arte, che lo cavalca, nuda come mamma l'ha fatta. Ci stanno proprio dando dentro.

Il rumore martellante? La testiera del letto che sbatte ancora e ancora contro il muro. Lei la sta stringendo con forza, quindi con ogni suo movimento colpisce la parete. Sono assolutamente sotto shock e rimango come paralizzata a guardarli, cercando di ricordare l'ultima volta che io e Glen abbiamo fatto sesso. Tre settimane fa, forse?

Pensavo semplicemente che fossimo entrambi troppo impegnati per trovare il tempo da dedicare alla nostra intimità. Ma ovviamente, il problema non è quello.

Tra gli spasmi di piacere intenso, ci mettono entrambi un attimo a notare la mia presenza. Quella tensione che mi stava travolgendo diventa presto una rabbia cieca.

Lisa gira la testa e mi vede. "Oh, merda!"

Si ferma e cerca disperatamente qualcosa con cui coprirsi, ma un profondo senso di calma mi assale. "Continuate pure. Tanto io me ne sto andando."

Esco dalla stanza e mi giro un'ultima volta. "Vedete di finire entro un'ora. Devo tornare a prendere le mie cose e non voglio vedere nessuno dei due."

Sento qualcuno che si alza di corsa dal letto e poi dei passi alle mie spalle.

"Jasmine, non è come pensi!" urla Glen.

Mi giro e lo vedo che corre fuori dalla stanza, con il lenzuolo avvolto attorno alla vita. Mi fermo un attimo a guardarlo. "No, Glen, ho visto tutto ciò che c'era da vedere. Abbiamo chiuso."

Sento lacrime amare che mi bruciano gli occhi, ma non ho la minima intenzione di crollare davanti a loro. Mi aggrappo alla rabbia, usandola come scudo. Perché è tutto ciò che mi è rimasto. "Torno tra un'ora. Non fatevi trovare qui."

Mi corre dietro, ma esco e gli sbatto il portone in faccia.

Erano passati cinque giorni da quel momento. Sinceramente, perfino io ero molto colpita dal mio autocontrollo. Per fortuna quello stronzo aveva avuto la decenza di andarsene come gli avevo chiesto. Caricati i miei vestiti e le ceramiche in macchina, me n'ero andata. Avevo passato la notte da un'amica, per poi partire per Willow Brook dato che ero pure riuscita a farmi licenziare.

Avevo un bel caratterino, che a volte non riuscivo a controllare. Quel pomeriggio, dopo la pausa pranzo, ero tornata alla galleria di pessimo umore. In tutta onestà, quello non era di certo il lavoro adatto per una persona con un carattere come il mio, ma avevo bisogno di soldi e quindi mi ero accontentata.

Preferivo sporcarmi le mani con l'argilla, non dovermi agghindare e dover fingere falsa cortesia e grazia con i ricconi che amavano spendere fior di quattrini per l'arte. Turbata all'estremo, con le emozioni tutte sottosopra, quando Lisa era tornata alla galleria non avevo esitato ad affrontarla pubblicamente, sebbene fosse un mio superiore. Le avevo dato della troia davanti ai clienti e la direttrice, che mi aveva licenziata all'istante. Nel giro di poche ore avevo perso il mio uomo, il lavoro e i soldi.

Senza pensarci troppo, il mattino seguente ero salita in macchina e mi ero diretta a nord, verso la mia Alaska. C'erano voluti quattro giorni di viaggio per arrivare.

In quel momento, un profondo senso di tristezza riuscì a perforare il mio scudo di rabbia, che si sgretolò in un attimo. Lacrime calde mi rigarono il volto, mentre singhiozzavo disperata. Come mi fermai a riprendere fiato, sentii un formicolio sul piede. Abbassai lo sguardo e vidi il criceto di Levi, Cri, che mi stava annusando. Un batuffolino bianco e marrone, mi guardava come se percepisse la mia tristezza. Tirai su col naso e mi asciugai il viso con la manica, sforzandomi di sorridere a Cri. Mi chinai e gli accarezzai la schiena con la punta delle dita. Annusò la mano e poi corse via.

Si arrampicò sullo sgabellino che Levi gli aveva lasciato accanto al davanzale, dove c'era una cuccetta. Soltanto uno come mio fratello — un pompiere hotshot tosto come pochi — avrebbe potuto lasciare libero per casa il suo criceto, che veniva trattato come un re.

Le lacrime si fermarono. Non volevo più pensare ai motivi che mi avevano spinta a tornare a Willow Brook. Bevvi dunque un sorso di caffè, pensando al futuro. Mi ero fiondata lì in un momento di vulnerabilità, senza un piano vero e proprio in mente. Un momento che mi aveva costretta a fare molta, molta strada.

Avevo lasciato il mio paesino subito dopo il diploma. Ci eravamo trasferiti lì da Juneau appena prima che cominciassi le superiori. Ero una donna dell'Alaska fino al midollo, che però aveva tanta voglia di vedere il mondo. Ero finita così a San Francisco, un posto di cui mi ero innamorata molto presto e in cui riuscivo a vedere il mio futuro. Il trambusto e il tran-tran della grande città, il mix eclettico di persone, gli edifici pittoreschi e per non parlare dell'arte... quanta arte. Dopo l'università avevo cominciato a lavorare per un atelier, trovando subito la mia passione nella lavorazione della ceramica. Però c'erano anche alcuni aspetti negativi. Lì era pieno di gente intollerante al glutine e molti erano vegani. Amavo troppo il pane e la carne, quindi non avevo alcuna intenzione di cambiare le mie abitudini alimentari.

Però sentivo di non appartenere a una città come quella. Probabilmente ero una donna un po' troppo sopra le righe, a cui mancava ogni genere di raffinatezza. Non mi definivo un vero e proprio maschiaccio, ma c'ero quasi. Durante il lavoro preferivo indossare una maglietta semplice sopra jeans e stivali, vestendomi bene solo quando necessario. Gli stivali da cowboy erano praticamente il mio marchio di stile.

E dopo un po', l'Alaska aveva cominciato a mancarmi molto. Il senso di entusiasmo e novità era svanito presto, lasciandomi un buco nel cuore. Sognavo di poter tornare dalle lunghe giornate d'estate, dalle placide notti di neve, da quella sensazione di appartenere davvero a un posto senza dover cambiare me stessa.

Così tanta gente andava a vivere in Alaska che ci si poteva trovare ogni genere di persona. Anche lì avevamo vegani o celiaci, ma convivevano a stretto contatto con pescatori, cacciatori e chi più ne ha più ne metta. Tutti potevano essere ciò che volevano, in un posto dove la tolleranza verso il prossimo era di casa.

E poi, santo cielo, quanto mi era mancato il panorama. Fermarmi ad ammirare il prato fuori dalla finestra bastò a placare quella tensione e quel dolore che mi opprimevano il cuore. Per qualche assurdo motivo, ero più furiosa con Lisa che con Glen. Fino a qualche giorno prima avevo potuto definirla un'amica, nonostante fosse anche per un certo verso il mio capo.

E mi sembrava ci fosse una regola ben precisa, no? Il fidanzato di un'amica era off-limits.

JASMINE

Decisi di preparare un altro bagel perché erano proprio deliziosi. Sicuramente li avevano comprati appena fatti dal Firehouse. Janet non li vendeva spesso, ma giusto quando le andava di prepararli. Insieme al formaggio spalmabile insaporito al salmone affumicato erano assolutamente divini. Doveva averlo preparato mio fratello, dato che Lucy non cucinava praticamente mai.

Fuori dall'Alaska una leccornia del genere costava una fortuna, ma chi ci viveva affumicava a casa il proprio salmone. Tolsi il bagel dal tostapane e ci spalmai sopra uno strato generoso di formaggio, per poi risedermi proprio quando Lucy entrò dalla porta della cucina.

Un sorriso le illuminò il viso quando mi vide e mi alzai per abbracciarla. Mi lasciò andare un attimo dopo e posò una busta della spesa sul bancone. "Ti trovo bene."

"Eri preoccupata?" le chiesi.

"Beh, Levi mi ha detto che eri, ehm, k.o. quando sei arrivata. Pensava ti saresti svegliata con i postumi della sbornia e che probabilmente non avresti ricordato nulla di ieri sera."

Provai a trattenere un sorriso, ma con Lucy era impossibile, quindi scoppiai a ridere. "Già, forse ho bevuto un po' troppo. Per caso tu sai chi mi ha accompagnata a casa?"

Cercai di essere il più naturale possibile, ma ero curiosa, davvero molto curiosa.

"Donovan Ryan, un amico di Levi. Beh, anche mio. È un pompiere. Già, lo so, un vero shock," disse con un sorrisetto divertito, girandosi per riporre la spesa.

Col movimento, notai la dolce curva del ventre, ricordando soltanto in quel momento che era incinta. "Oh! Stai da dio!" strillai.

Lucy voltò la testa, con aria confusa. "Ehm, grazie...?"

"Con quel pancino sei adorabile," aggiunsi.

Arrossì e alzò gli occhi al cielo, mettendosi in punta di piedi per mettere via alcune scatolette. Lucy sembrava quasi una fatina, con i capelli biondissimi, i lineamenti delicati e due luminosi occhi azzurri. Era bassottina e minuta. Il ventre gonfio le dava un'aria ancora più femminile, cosa che sicuramente non doveva piacerle molto. Era un vero maschiaccio. Sinceramente, alcuni uomini non potevano neanche reggere il confronto. Lavorava nel settore edile e infatti era strano non vederla sporca di terra dalla testa ai piedi.

Levi era pazzo di lei ed emozionatissimo all'idea di diventare padre. Ero proprio tanto felice per loro.

Per fortuna avevo incrociato prima lei, dato che la sua presenza mi sarebbe tornata molto comoda nel momento in cui avrei dovuto rivelare tutto a mio fratello. La aiutai a finire e poi preparò del tè, sedendosi a tavola con me quando tornai al mio bagel.

"Immagino ci sia un motivo se sei tornata senza

dirlo a nessuno e sei andata al Wildlands a ubriacarti, dico bene?" mi chiese con un sorriso.

"Dritta al punto, eh?" replicai, sogghignando.

Si strinse nelle spalle e alzò gli occhi al cielo. "Non ha senso girarci intorno, dai. Raccontami pure cos'è successo e poi pensiamo un po' a come dirlo a Levi. Ah, ha già telefonato ai vostri genitori. Tua madre vuole che la richiami."

Sospirai e mi fermai a bere del caffè tra un morso e l'altro. "D'accordo, lo faccio dopo. Dovevo immaginarmelo che Levi li avesse già informati." Buttai giù un lungo sorso per farmi forza. "Allora, cinque giorni fa ho dimenticato di portare il pranzo al lavoro, quindi sono tornata a casa a prenderlo. Appena entrata ho sentito dei rumori e ho trovato Glen che scopava con Lisa, una mia collega."

Lucy sbarrò gli occhi, oscurati presto dalla rabbia. "Che pezzo di merda lui e che troia lei. Dimmi che l'hai presa a pugni come hai fatto ieri."

Per poco non sputai il caffè che avevo in bocca. Mi fermai un attimo, per poi stringermi nelle spalle. "È stato Donovan a dirlo a Levi? Io non ricordo molto," risposi, in imbarazzo.

Non riuscivo a ricordare com'è che fossi finita insieme a Donovan, ma il pugno sì. E ricordavo chiaramente di aver baciato Donovan.

Lucy fece spallucce. "Già, gli ha detto che un tipo ti ha molestata, quindi quel pugno se lo meritava tutto. Donovan è un bravo ragazzo, non ti preoccupare."

Non poteva saperlo che non riuscivo a pensare ad altro che al nostro bacio e che sognavo di poterlo baciare di nuovo.

"Dunque, tornando a Glen. Li ho beccati insieme e me ne sono andata. Non so se ricordi, ma Lisa è la vicedirettrice della galleria in cui lavoravo. Quando sono tornata dopo la pausa pranzo, ho detto davanti alla direttrice che quella troia della sua amica si scopava il mio uomo. Davanti ai clienti," spiegai, con una risata amara.

Era l'unica parte della storia per un certo senso gratificante.

Lucy scoppiò a ridere. "Oh, che forza! Immagina che imbarazzo per quella stronza." Bevve un sorso di tè. "Ok, l'ultima parte fa ridere, però è proprio una situazione orribile. Mi dispiace sia finita così. Come ti senti?" mi chiese, lo sguardo triste.

Mi strinsi nelle spalle, sentendo il bisogno di piangere di nuovo.

"Piangi pure. Butta fuori tutto, mocio ed emozioni," disse dolcemente.

Mi asciugai gli occhi e risi piano. "Ah, già fatto stamattina. Comunque no, non sto bene. Ho chiuso per sempre con Glen e ho perso il lavoro, quindi sono tornata a casa. Diciamo che non ci ho riflettuto molto, ero troppo sconvolta. Sono proprio un'idiota, eh?"

Lucy scosse la testa. "Ma no, affatto. Tornare è stata la decisione migliore. Puoi restare da noi finché vuoi. Riaverti qui ci renderebbe tanto felici, sai?"

Mandai giù il groppo alla gola e feci un bel respiro profondo. "Lo so. Grazie mille. Mi dispiace essermi presentata qui senza preavviso. E in quelle condizioni. Forse è meglio se contatto Donovan e lo ringrazio per il passaggio."

"Lo trovi in caserma."

"Non è di Willow Brook, vero?"

Scosse la testa. "No, si è trasferito un paio di anni fa. Prima lavorava nella squadra di Ward, poi è diventato leader di quella di Levi. Sono buoni amici."

"Oh." Non mi venne in mente altro da dire. Donovan mi incuriosiva proprio tanto. Quasi non riuscivo a crederci che lavorasse con mio fratello, ma in fondo avrei dovuto aspettarmelo. Emanava un'aura da maschio alfa, da eroe pronto a proteggere i deboli.

"E ora che fai?" mi chiese Lucy, sorseggiando il tè.

"Ancora non lo so. Ora che sono qui, penserò meglio a come muovermi."

Lucy mi osservava in silenzio. Mi ritenevo proprio tanto fortunata ad averla come cognata. Era una ragazza alquanto saccente che non esitava mai a dire la sua, ma seguiva comunque il principio del *vivi e lascia vivere*. Levi, invece, aveva sempre da ridire su ogni cosa facessi.

"Oggi resti qui o vuoi che ti accompagni a recuperare la macchina?" domandò, cambiando prontamente argomento.

"Se non ti dispiace accompagnarmi, volentieri. Così passo a trovare i miei genitori e poi vado in caserma a parlare con Donovan. E magari saluto mio fratello come si deve," replicai, con una risata.

Lucy sfoderò un sorriso. "Bene, allora andiamo. Prima in caserma e poi ti porto a recuperare la macchina," affermò, alzandosi da tavola.

"Non devi andare al lavoro?"

"No, prima ho chiamato Amelia per prendermi un giorno libero. Oggi sono tutta tua."

Era proprio bello poter essere di nuovo a casa, soprattutto con degli amici come lei. Lì, nella mia piccola cittadina, potevo essere certa che nessuna delle mie amiche si sarebbe mai infilata nel letto col mio uomo.

Capitolo Tre

DONOVAN

Quel pomeriggio, mi poggiai a un camion parcheggiato nel garage della caserma, lanciando uno straccio nel secchio per terra.

"Beh, per oggi dovrebbe bastare," commentai guardando Jesse, che si stava scolando una bottiglietta d'acqua.

Una voce risuonò dall'altro lato del camion. "Mmh, Donovan... Hai controllato i cuscinetti da questa parte?" mi chiese Emily Lane, la factotum della caserma.

"Certamente, prima che arrivassi tu," risposi, e Jesse sorrise.

Emily era diventata presto la sorellina di tutti, lì in caserma. Jesse stava per sposare la zia, che l'aveva adottata alla morte di sua madre. Mi spinsi via dal camion e feci il giro per andare da lei, che stava strofinando vigorosamente i cerchioni.

Aveva capelli scuri molto corti, con le punte tinte di viola. Sollevò lo sguardo e mi sorrise. "L'avevo già notato."

In quel periodo era determinata a imparare di tutto

e di più sulla manutenzione dei veicoli. Le avevamo già insegnato a cambiare l'olio e svolgere altri interventi di base. Anche lei voleva diventare una hotshot. Lo spirito ce l'aveva, ma era ancora troppo piccola. Chissà quante volte aveva già pregato Jesse di portarla con noi a gestire le emergenze locali.

Scossi la testa con una risata e si alzò, posandosi una mano sul fianco.

"Tanto non li avrei fatti comunque. Per oggi ho finito. Abbiamo passato la giornata a fare manutenzione," affermai.

"Già, anche io la chiudo qui. Charlie sta preparando la cena, quindi è meglio se torniamo a casa presto," aggiunse Jesse, raggiungendoci. Charlie era la sua fidanzata e lavorava come dottoressa alla clinica del paese. Lo teneva al guinzaglio come un cagnolino, ma a lui non dispiaceva affatto.

Durante l'estate, tra una missione e l'altra avevamo svolto diversi lavori di manutenzione. Emily rise e mi voltai a prendere la bottiglietta d'acqua che avevo lasciato sul paraurti. Mi allontanai dunque verso le docce, il brusio della loro conversazione sempre più distante.

Ero lurido e unto. Con il getto d'acqua calda che batteva sulla pelle, la deliziosa Jasmine Phillips si infilò tra i miei pensieri. Quel giorno l'aveva fatto un po' troppo spesso.

Ero proprio curioso di sapere cos'è che l'avesse riportata a Willow Brook, perché Levi era parso proprio tanto sorpreso di vederla. Eravamo amici, ma non mi sembrava comunque il caso di bombardarlo di domande sulla sorella che la notte prima mi aveva baciato all'improvviso.

La scacciai dalla mente, spensi l'acqua e andai a cambiarmi negli spogliatoi. Tornai dopo in corridoio e il mio nome risuonò contro le pareti. Mi guardai intorno e infilai la testa nella porta più vicina, ovvero l'ufficio di Beck Steele. Seduto davanti a lui c'era Levi.

"Ehi, bello," disse Beck.

"Ehi," risposi, bloccandomi per lo shock.

Jasmine, ovvero la donna che stavo cercando disperatamente di tenere alla larga dai miei pensieri, era accanto a suo fratello. Levi aveva il braccio poggiato sulle spalle di sua moglie Lucy, che rideva per qualcosa che le aveva appena detto.

Beck incrociò il mio sguardo. "Jasmine ci stava giusto chiedendo di te."

"Oh?" risposi, cercando di rimanere impassibile mentre la guardavo.

Proprio come la notte prima, il mio corpo reagì alla sua bellezza. Indossava una maglietta larga e dei pantaloni da tuta, con delle semplici scarpe da tennis. I capelli le ricadevano in lunghe onde sulle spalle, incorniciandole il viso. Il desiderio di intrecciarci le dita e baciarla fino allo sfinimento fu quasi incontenibile.

Ma ovviamente, non potevo mostrare alcuna emozione davanti a suo fratello e Beck, un altro dei nostri caposquadra. Quando i miei occhi incrociarono quelli di Jasmine, venni attraversato da una violenta scossa elettrica.

Probabilmente quel bacio non lo ricordava nemmeno. Io, invece, non avrei mai potuto scordarmelo. Solo al pensiero sentivo le labbra in fiamme. La salutai con un cenno del capo. "Beh, eccomi qui."

"Volevo solo ringraziarti per avermi accompagnata da Levi," disse, mentre un lieve rossore le tinse le guance.

"Nessun problema."

Lucy sollevò lo sguardo e mi rivolse un sorrisetto furbo. Essendo amico di suo marito la conoscevo piuttosto bene, ma mi terrorizzava da morire. In generale era poco amichevole e non aveva paura di dire ciò che pensava, ma in quel momento aveva l'aria rilassata e cordiale.

"Già," affermò con decisione. "Grazie mille. Per tutto quanto."

Mi domandai se Levi le avesse parlato del pugno che Jasmine aveva tirato a quel bastardo che l'aveva toccata.

Levi le rivolse un'occhiata perplessa, ma lei lo ignorò. Non sentendomela di rimanere ancora troppo a lungo in presenza di Jasmine, decisi di lasciarli in pace. Sollevai la mano per salutare. "Beh, io vado. Se dovesse mai servirti un altro passaggio, chiedi pure."

E così, me ne andai. Prima che potessi arrivare al pick-up, però, sentii la porta della caserma chiudersi in lontananza. Mi volta e vidi Jasmine che mi correva dietro.

Era completamente al naturale, senza un filo di trucco e con i capelli sbarazzini. Eppure, era talmente bella da togliermi il fiato. Mi bloccai e poggiai i fianchi al paraurti della macchina.

"Donovan!" esclamò, arrivata a metà del parcheggio.

"Sì?"

Si fermò davanti a me e sollevò lo sguardo. "Volevo ringraziarti di nuovo. Non solo per il passaggio, ma..." Arrossì di nuovo. "Beh, grazie anche per avermi tirata fuori da quella situazione, ehm, scomoda. A volte perdo il controllo."

"Oh, ma quel pugno se lo meritava."

Il suo sorriso mi fece scoppiare il cuore.

"Vero, eh?"

Risi. "Secondo me sì. E il barista la pensava come me."

Il suo sorriso si allargò, per spegnersi subito. Sapevo di non dovermi impicciare nella sua vita. Sapevo di doverle stare alla larga. Ma ero troppo, troppo curioso. "Ti capita spesso di fare a botte nei bar?" le domandai, sogghignando.

Due sfere rosso fuoco le colorarono le guance. Alzò gli occhi al cielo e si morse il labbro. La vista dei suoi denti bianchi che affondavano in quel ben di Dio mi risvegliò qualcosa dentro.

"Ehm, no, non direi. In realtà non avevo mai picchiato nessuno. Però ne ho mandati a cagare tanti. Ieri ho bevuto più del dovuto."

"Così pare," replicai, riuscendo come a sentire il sapore della sua bocca sulla mia.

Restammo fermi a guardarci. Sembrava volesse aggiunge qualcosa, ma non lo fece. Un secondo dopo, una maledettissima voce nella mia testa mi riportò alla realtà, ordinando al corpo di darsi una bella regolata. Mi spinsi dunque via dal pick-up. "Beh, io devo andare. Se resti a Willow Brook ci rivedremo presto. Ne sono certo."

Annuì e fece un passo indietro, con un sorrisino. "Grazie ancora."

Uscii dal parcheggio, cercando subito una soluzione per togliermi Jasmine dalla mente. A Levi non avrebbe senz'altro fatto piacere sapere cosa ne pensava il mio corpo della sua sorellina.

Ma più che altro, non ero un uomo da relazioni serie. Una volta ci avevo anche provato, ma era finita molto male.

Da allora, avevo chiuso. E mi andava bene così. Eppure, per Jasmine ero tentato di fare uno strappo alla regola.

Capitolo Quattro

JASMINE

Quella sera, seduta a tavola, alzai gli occhi al cielo guardando mio fratello. "Oh, per l'amor del cielo, Levi. D'accordo, ho fatto una 'scenata', ma quel tizio mi ha palpato il culo. Mi sono incazzata, ok? Se non mi credi, chiedi pure a Donovan o il barista. Hanno visto tutto."

Levi nel frattempo stava cucinando. Nella coppia, il cuoco era lui. A detta sua, Lucy non era brava neanche a scaldare la zuppa.

Lei ci stava osservando, senza intervenire. Bevvi un sorso di vino e fulminai Levi con lo sguardo. "Chi se ne frega se gli ho dato un pugno? Non si è fatto nulla, dai. Oggi ho chiamato il barista proprio per chiederglielo."

"Ci sta menare un tipo che ti ha toccato il culo, d'accordo. Ma voglio sapere perché sei tornata senza avvisare nessuno e sei andata subito a ubriacarti," replicò Levi.

Ancora non gli avevo spiegato tutta la situazione perché me ne vergognavo da morire. Ero appena tornata a casa loro dopo aver passato il pomeriggio dai nostri genitori. Dover ripetere la stessa storia per la terza volta in una giornata sola sembrava un'impresa a dir poco impossibile.

Ero sempre stata un po' la pecora nera della famiglia. Levi aveva la testa sulle spalle e aveva scelto la carriera che aveva sempre sognato sin dalle superiori. Dopo un periodo di spensieratezza, aveva scelto Lucy come sua compagna di vita e la sua dedizione verso di lei ancora mi lasciava di stucco.

Io mi ero sempre sentita un po' un pesce fuor d'acqua, sia all'interno della mia famiglia che a Willow Brook. Alla fine ci avevo fatto l'abitudine. Ma amavo l'arte e avevo sempre sognato di poter vedere il mondo. Il mio sogno si era realizzato quando ero stata ammessa a un corso d'arte a San Francisco.

Mentre riflettevo se raccontargli o meno quella storia così squallida, Cri zampettò in cucina. Si fermò un attimo per guardarsi intorno e poi corse da Levi. Era ufficialmente il criceto più viziato dell'universo. O almeno, così mi aveva detto Lucy. L'avevo regalato a mio fratello qualche anno prima, così che si facessero compagnia a vicenda. A Cri era proprio andata di lusso. Poteva scorrazzare per tutta la casa e Levi lo adorava. Per l'appunto, quando cominciò ad annusargli il piede nudo, Levi prese una carota dalla sua ciotola di verdurine e si chinò per dargliela. Mentre Cri la mordicchiava, Levi si voltò a guardarmi, impaziente.

"E va bene." *Terza volta sia.*

Mentre gli stavo riassumendo la vicenda, si raddrizzò e strinse gli occhi, aspettando che finissi di raccontare. "Però poi dovevo tornare al lavoro, ovviamente. Sono stata licenziata perché ho urlato contro Lisa davanti ad alcuni clienti."

Al che, Lucy intervenne. "Hai fatto benissimo. Meritava di essere umiliata pubblicamente, guarda."

Levi tornò alla padella sul fuoco. "Che pezzo di

merda. Non mi ha mai convinto. Mi dispiace tanto, Jasmine, ma l'hai scampata bella," disse piattamente.

Lo guardai e mi morsi la lingua. Già in passato gli aveva spesso dato dell'idiota. Sentii come il bisogno pressante di difenderlo, ma che senso avrebbe avuto? Cosa me ne importava di un uomo che mi aveva distrutta per scoparsi un'altra?

Quello che Levi aveva sempre odiato di Glen era la sua pretenziosità. Non l'avevo mai ammesso a voce alta, ma condividevo la sua opinione. Era un uomo *decisamente* pretenzioso. Ma avevo cercato di chiudere un occhio, sperando che un giorno sarebbe cambiato.

Sorseggiai dell'altro vino. "Beh, avevi ragione. Contento?"

Levi smise di mescolare. "No, non sono contento proprio per niente, Jazzy. Per sua fortuna non vive qui, altrimenti gli avrei già fatto il culo. Che bastardo. Come si è permesso di tradirti in quel modo? Se ti avesse lasciata mi sarebbe dispiaciuto comunque, dato che lo amavi molto, ma sarebbe stato molto meglio del tradimento."

Mi si strinse il cuore e un nodo mi chiuse la gola. Ero ancora così tanto furiosa da non riuscire a dare un senso a ciò che provavo per Glen. Eppure, nonostante il dolore, sentivo anche io di averla scampata grossa.

"Scusami se ti ho risposto male," dissi con un sospiro. "È che sto di merda e sono proprio stanca psicologicamente."

"Ora che hai intenzione di fare?" mi domandò.

Era la quarta persona a chiedermelo nell'arco di poche ore. Prima di lui, Lucy ed entrambi i miei genitori. Era una domanda legittima, sinceramente. Ma la detestavo perché una risposta ancora non ce l'avevo. Senza un piano in mente, non sapevo cosa dire.

Lucy mi guardò e intervenne. "Ehi, lasciala in pace.

Ha appena beccato il suo uomo che si scopava una sua amica e ha perso il lavoro. Come puoi pretendere che stia già pensando al futuro?"

Levi incrociò il suo sguardo e, dopo una conversazione silenziosa con lei, mi guardò con occhi affettuosi. Mio fratello lo adoravo da morire, ma ogni tanto diventava troppo protettivo e polemico nei miei confronti.

Cri, che aveva da poco lasciato la cucina, tornò con perfetto tempismo a distrarre Levi, che gli offrì un'altra fettina di carota.

"Insieme siete proprio buffi, sai?" commentai, con una risata.

Lucy rise e alzò gli occhi al cielo. "Vero? Io pensavo di prendere un cane, ma Levi ha paura che possa avere problemi con Cri."

Levi ci guardò con aria seria. "Ehi, non ho mica detto che non possiamo prenderne uno. Dobbiamo solo sceglierne uno con cui Cri possa andare d'accordo."

Scoppiai a ridere, fino quasi alle lacrime. E Lucy non era da meno. Levi, sciallo come sempre, si strinse nelle spalle e non si offese.

Qualche minuto dopo servì la cena e la conversazione riprese su temi più leggeri. Più tardi, a letto, provai un profondo senso di gioia per essere di nuovo a casa. A San Francisco mi ero fatta molti amici, ma Willow Brook era sempre rimasto nel mio cuore.

Ero una ragazza di paese e probabilmente lo sarei sempre stata. Dovevo soltanto capire come trapiantare lì i miei sogni. Poco prima che mi addormentassi, Donovan danzò tra i miei pensieri. Alla luce del sole era ancora più bello di quanto mi fosse sembrato sotto l'effetto dell'alcol.

I suoi penetranti occhi nocciola e i capelli scurissimi, insieme a quel fisico da paura, erano una combinazione letale. Un brivido mi attraversò tutta. Non aveva il benché minimo senso, ma il mio cuore lo desiderava ardentemente.

Capitolo Sei
Donovan

Era passato ormai qualche giorno dall'ultima volta che avevo parlato con Jasmine. L'avevo giusto vista di sfuggita mentre faceva benzina sulla Main Street. Nonostante i pochi minuti passati insieme, mi era rimasta impressa a fuoco nel cervello.

Il ricordo della sua bocca sulla mia e della scia ardente lasciata dal suo dito sulle labbra continuava a tormentarmi. Vivevo a Willow Brook da relativamente poco, ma mi ero innamorato sin da subito di quel piccolo paesino. Ero nato a sud, in Georgia, tra i monti Appalachi. Per uno che non tollerava molto il caldo, il clima montano era perfetto. Successivamente, dopo l'addestramento hotshot e qualche anno di lavoro in California, mi ero trasferito in Alaska. La mia vita aveva preso una brutta piega, quindi avevo cercato una posizione altrove, approfittandone subito quando se ne era liberata una proprio a Willow Brook.

Il panorama della natura selvaggia dell'Alaska era insuperabile e mi era entrato presto nel cuore. Dopo un paio di anni passati lì, ero riuscito a trovare uno stabile senso di pace. Me n'ero andato dalla California perché stavo fuggendo. Sarà anche cliché, ma è proprio vero che ogni tanto è necessario cambiare scenario. E io ne avevo proprio bisogno.

Quella sera mi stavo dirigendo al Wildlands, dopo il lavoro. Era il principale punto di ritrovo delle squadre, il posto perfetto per rilassarsi e distrarsi da tutto il resto.

Presi una birra e trovai un tavolino in un angolo. Con la coda dell'occhio vidi un ragazzo che si girava e, per un breve istante, mi sembrò il mio amico Bill. Il Wildlands era uno di quei locali che Bill avrebbe frequentato volentieri. Ma Bill non era lì con me e ormai erano tre anni che non ci parlavamo. Era sempre stato il mio migliore amico, ma non lo era più.

Quel breve flash mi colpì con violenza il cuore. La perdita era un sentimento strano. Col tempo, ci si faceva l'abitudine. Un po' come un qualcosa che si rompeva e veniva rimesso insieme, anche se il risultato finale non sarebbe mai stato come l'originale. Magari quel qualcosa lo si poteva usare comunque, ma con diversi difetti che andavano colmati. La forma era diversa e cambiava col tempo, ma era sempre lì.

Riuscii a scacciare Bill dai miei pensieri proprio quando Jasmine entrò nella sala dal retro. Indossava dei jeans e sempre i soliti stivali da cowboy, con sopra una camicetta blu scuro che contrastava con l'ambra dei capelli sciolti.

Mi fermai ad ammirarla, capendo subito perché non riuscissi a togliermela dalla testa. Certo, era bella da togliere il fiato e sexy da morire. Certo, rimaneva pur sempre la sorella di un amico. Ma soltanto un'altra donna prima di lei era riuscita a smuovermi tutto dentro. L'attrazione verso Jasmine era un qualcosa di primordiale, selvaggio. Un qualcosa di travolgente che andava ben oltre ogni mia capacità di controllo. La sua forza eclissava totalmente l'unica donna che fosse mai riuscita a spezzarmi.

Quella donna non aveva soltanto giocato col mio

cuore, ma mi aveva anche tolto il mio migliore amico. Ancora non ero riuscito a perdonare Bill, ma il dolore per quell'amaro tradimento stava cominciando ad attenuarsi, quindi magari c'era ancora qualche speranza per la nostra vecchia amicizia.

Mi ritenevo un uomo diverso, che di sicuro non si sarebbe fatto ingannare da lei come in passato. Ma a quei tempi non ero stato in grado di vedere oltre la forte attrazione fisica. Ripensandoci, probabilmente era tanto più desiderio sessuale che amore. Però, in fondo, un ragazzo pensa sempre a quello.

Provai a strappare lo sguardo da Jasmine, ma il mio corpo non voleva darmi retta. Dentro di lei percepivo una fiamma ardente, un forte senso di impulsività. Un poco mi preoccupava, risvegliando in me l'istinto protettivo. Si avvicinò al bancone, seguita con lo sguardo da tutti gli uomini presenti. Beh, quelli senza una donna al loro fianco, perlomeno.

Ordinò una birra e poi si voltò, lasciando il gomito sul bordo del bancone. Percepii il preciso istante in cui mi notò. I nostri sguardi si incrociarono e un lampo attraversò la stanza, caricando l'aria di elettricità.

Per qualche motivo, rimasi stupito quando si spinse via per venirmi incontro. Più si avvicinava e più mi sentivo bruciare.

Tolse una sedia da sotto il tavolo e si sedette davanti a me, senza dire nulla. Dopo essersi messa comoda, mi guardò con un sopracciglio sollevato. "Ti dispiace?"

"Certo che no."

Non avrei potuto dirle ciò che pensavo davvero. No, non mi dispiaceva affatto. Anzi, l'avrei volentieri presa in grembo per intrecciare le dita ai suoi capelli selvaggi e baciarla come non ci fosse un domani. Ma quella vocina nella mia testa mi ricordò di nuovo che dovevo mantenere le distanze.

Sforzandomi di rimanere impassibile, la buttai sul ridere. "Però vedi di non bere troppo e cacciarti in altri guai. Se mi tocca riportarti di nuovo a casa, tuo fratello comincerà a sospettare di me."

Jasmine fece una dolce risata, ma un qualcosa che non riuscii a identificare le sfrecciò negli occhi.

"Allora, Donovan. Ti piace Willow Brook?" domandò, per fare conversazione.

"Sì, abbastanza. Tu come mai sei tornata?"

Arrossì leggermente e dietro gli occhi le danzò un lampo di dolore misto a rabbia. Mi sarebbe piaciuto proprio tanto scoprire chi era che l'aveva fatta soffrire. Bevve un sorso di birra e poi inclinò la testa di lato. "Beh, non ha senso girarci attorno. Ho beccato il mio fidanzato che si scopava una mia amica. Nel nostro letto. Quindi me ne sono andata. Io e lei lavoravamo assieme, ma l'ho presa a parolacce davanti a dei clienti e mi hanno licenziata. Nel giro di poche ore, la mia vita è andata completamente a farsi fottere. Ho perso il lavoro, il fidanzato e la mia casa. Quindi ho deciso di tornare qui."

Le sue parole mi provocarono dentro un improvviso senso di rabbia. Non sapevo con chi è che ce l'avessi di più, il suo ex o l'amica. E poi chi cazzo poteva essere così cretino da tradire una donna come lei? La conoscevo appena, ma chiunque sarebbe stato fortunato a poterla chiamare sua.

Mi fermai a riflettere su cosa dirle, tenendo lo sguardo nel suo. "Che grandissimo coglione."

Un sorriso le incurvò lentamente le labbra e sbarrò un poco gli occhi per la sorpresa. Cazzo. Il suo sorriso era pericoloso. Il mio pene reagì all'istante. Tra quel sorriso e le guance tinte di rosso mi stava uccidendo.

"Già, lo penso anche io," affermò, e il suo sorriso si spense. "Però sto di merda comunque." Afferrò il bordo dell'etichetta della birra.

"Vuoi che gli spacchi la faccia?"

Neanche io riuscivo a credere alle mie parole. Ma in realtà, se avesse accettato, avrei trovato il modo di farlo davvero.

Mi guardò e le sfuggì una risata sorpresa. "Lo faresti *davvero*, eh?" chiese, il tono curioso.

"Esatto. Ma sono certo che dovrei mettermi in fila dietro a Levi."

Al suo nome, ricordai che Jasmine era sua sorella minore.

E quindi? È una donna adulta. Può fare quello che vuole.

Ma decisi di ignorare quella vocina malevola.

"Oh, sicuro. Ma in realtà preferirei lo facessi tu," disse con un'altra risata. Grazie al cielo, nei suoi occhi era sparita qualsiasi traccia di dolore.

Calò un silenzio piacevole e Jasmine si guardò intorno. Quando il suo sguardo si posò di nuovo su di me, prese una ciocca di capelli e cominciò ad arrotolarsela distrattamente tra le dita. "Di dove sei?"

"Ho vissuto in California, ma sono nato in Georgia."

Sfoderò un sorriso che mi colpì dritto al cuore.

"Ah, un pochino di accento del sud ti è rimasto, infatti."

"L'hai notato, eh?" risposi, facendole l'occhiolino.

"Come ci sei finito in Alaska?"

"Ho fatto l'addestramento in California e ho lavorato lì per qualche anno, poi ho sentito il bisogno di voltare pagina. Si è aperta una posizione quassù e quindi ne ho approfittato subito."

Molte cose restarono non dette, ma era troppo presto per aprirmi con lei.

Riuscivo benissimo a capire Jasmine. Purtroppo, anche io ne sapevo qualcosa di amici che ti tradiscono con la persona che ami. Bill si era scopato la mia fidanzata. Ma quella era un'altra storia, per un altro momento.

Avevo sempre amato molto le montagne e la natura incontaminata. Fu proprio quello a spingermi a diventare un hotshot e in seguito al trasferimento in Alaska. Un lavoro così massacrante mi aiutava a tenere la mente occupata, portandomi in posti che tanto amavo.

Jasmine annuì lentamente. Bevve dell'altra birra e poi si alzò in piedi. "Mi sa che vado a giocare a biliardo," disse.

Provai di nuovo un intenso istinto di protezione quando mi voltai verso quella zona piena di uomini. C'era anche il tipo della sera prima, insieme a quei deficienti dei suoi amici.

Non tentai neanche di oppormi, non avendone alcun diritto. Mi salutò e si voltò. L'eco dei suoi stivali sul pavimento si fece sempre più distante. Mentre camminava, non riuscivo a smettere di guardare il modo in cui ondeggiava i fianchi con ogni passo.

Mi costrinsi a distogliere lo sguardo, pronto a finire la birra e tornare direttamente a casa. Ormai l'avevo capito; stare in sua prossimità non faceva affatto bene alla mia sanità mentale. Ero come stregato. L'elettricità che faceva vibrare l'aria quando ero insieme a lei era troppo intensa da poterla ignorare. E poi c'era quella vulnerabilità, quel dolore che le avevo letto negli occhi.

Poco dopo mi alzai per andarmene, ma la sua voce risuonò nella sala. *E ora che cazzo è successo?*

Mi voltai di scatto e osservai l'area biliardo. Con una mano sul fianco, stava puntando la stecca contro l'idiota della sera prima, guardandolo in cagnesco.

Senza pensarci, mi feci strada tra la gente per raggiungerla. Quello stronzo la stava guardando come un pezzo di carne.

"Jasmine," mormorai, afferrandola per il braccio. "Andiamocene da qui."

Sollevò lo sguardo e incrociò il mio. Temetti per un istante che avrebbe rifiutato, ma non lo fece. Lasciò la stecca sul tavolo e si voltò, sollevando il dito medio. Mi seguì fuori, ma non mi feci alcuna illusione. Non ero certo stato io a convincerla ad andarsene, l'aveva deciso *da sola*.

Per la seconda volta nella stessa settimana, attraversai lo stretto corridoio che portava al parcheggio insieme a Jasmine Phillips. Però in quel caso era sobria, non aveva nemmeno finito la prima birra.

Arrivati fuori, si liberò dalla mia presa e si voltò verso di me, i meravigliosi occhi blu in fiamme. "Guarda che so benissimo badare a me stessa," sibilò.

Continuai a camminare, senza la minima intenzione di restare davanti alla porta a discutere. Spettava a lei decidere se seguirmi o meno. Non stavo ragionando lucidamente. Affatto. Un desiderio irrefrenabile mi esplose dentro, mentre l'aria tra noi prendeva a bruciare.

Mi fermai dietro il pick-up, voltandomi a controllare che mi stesse seguendo. Piantandosi di fronte a me, sbraitò, "Non darmi mai più le spalle in quel modo."

I capelli colore dell'ambra brillavano sotto la luce del singolo lampione nel parcheggio. Accidenti, quell'espressione furiosa la rendeva ancora più bella.

"Zuccherino, non capisco perché ce l'hai con me. Quel tipo è uno stronzo e ti garantisco che gli idioti come lui non cambiano mai. Continuerà a guardarti e trattarti come un pezzo di carne, te l'assicuro. Ti consiglio di stargli alla larga. Sempre che la cosa non ti dispiaccia."

Jasmine non disse nulla, gli occhi che ardevano ancora. Si poggiò una mano su un fianco e li alzò al cielo. "Faccio il cazzo che mi pare."

"Certamente. Non ti ho mica costretta a seguirmi fuori. Pensavo solo che magari preferissi non ripetere quello che è successo l'ultima volta. Non che siano fatti miei..."

Mi fermai, perché in fondo era proprio vero. Io non c'entravo proprio nulla. Avevo bisogno di andarmene, altrimenti averla così vicino mi avrebbe fritto il cervello. Me la stavo immaginando appiccicata a me, con la camicetta aperta che incorniciava le curve vertiginose che senz'altro stava nascondendo.

Tenendo a bada il desiderio, mi spinsi via dal paraurti. "Beh, allora io vado."

Feci per girarmi, ma Jasmine mi afferrò per la manica e avvolse le dita attorno all'avambraccio, il suo tocco come un marchio di fuoco sulla pelle.

"Ma quel è il tuo problema?" mi chiese.

Incrociai il suo sguardo, cercando disperatamente di controllare il mio corpo. Non dissi nulla, ma sollevai un sopracciglio.

Un attimo dopo, aggiunse, in tono di sfida, "Lo so che mi vuoi."

Non riuscivo a capire a che gioco stesse giocando, ma stava senza alcun dubbio mettendo alla prova i miei limiti.

Invece di lasciarmi andare il braccio, fece scivolare la mano fino alla mia, lasciandosi dietro una scia di fuoco. Intrecciò le dita alle mie e mi attirò verso di sé, eliminando qualsiasi distanza ci separasse.

In un battito di ciglia, mi baciò. E lì non riuscii più a resistere. Ero molto più alto di lei, quindi avrei potuto semplicemente sollevare la testa. Ma poi si mise in punta di piedi, passandomi una mano dietro la nuca e cominciando ad accarezzare tra i capelli. Ormai avevo perso. Era come se avesse appena gettato un fiammifero in una vasca di benzina. Presi letteralmente fuoco. Senza perdere altro tempo, le passai una mano tra i capelli setosi e posai l'altra sulla guancia, cominciando a divorarle la bocca.

Nel giro di qualche secondo, il bacio si fece più erotico. Le nostre lingue lottavano insieme e catturai un suo gemito nella bocca. Era come se tutto il resto attorno a noi fosse scomparso. Quando inarcò la schiena, spingendo il seno contro il mio petto, le infilai il ginocchio tra le cosce e venni accolto da un calore umido. La desideravo da impazzire. Un versetto deliziato le sfuggì dalla gola e fu come se un fulmine mi avesse colpito in pieno, facendo esplodere tutte le terminazioni nervose.

Il grido acuto di un corvo riuscì a far breccia nel delirio appassionato. Con uno sforzo immane, mi costrinsi a strappare le labbra dalle sue e feci un passo indietro. Avevo il fiato corto, così come ce l'aveva anche lei. Aveva cominciato a fare piuttosto freddo. Il cielo iniziava a imbrunire e le stelle stavano facendo la loro comparsa.

"Non possiamo," mormorai.

Gli occhi fissi nei miei, si passò la lingua sul labbro e l'erezione prese a far male.

"E perché no?"

La desideravo da impazzire, ma dovevo assolutamente tirare il freno a mano perché mi stavo lasciando coinvolgere troppo da quella donna. Ciò che provavo per lei non era mero desiderio, ma un qualcosa di talmente intenso che avrebbe potuto facilmente annientare il mio autocontrollo. Era la sorella di un mio amico, quindi una relazione puramente sessuale era da escludere. Levi mi avrebbe fatto il culo, e giustamente.

Però, in realtà, non ero un uomo davvero così virtuoso. Non era solo la nostra amicizia a fermarmi. Avevo paura di mettere in mezzo le emozioni. Era riuscita ad afferrare con forza le catene che avevo avvolto attorno al mio cuore e c'era il rischio che potesse spezzarle. Ma poi, quella vulnerabilità che avevo visto sotto la sua maschera era ancora più pericolosa.

Dal mio sguardo, Jasmine aveva probabilmente colto il mio turbamento interiore. Un lampo di tristezza le balenò negli occhi, che chiuse per nasconderlo.

Senza dire una parola, si voltò dall'altra parte. La seguii con lo sguardo, mentre i suoi passi sulla ghiaia rimbombavano nella quiete serale. Soltanto quando uscì dal parcheggio con l'auto mi resi conto che non aveva aspettato la risposta alla sua domanda. *Perché no?*

Tirai un mezzo sospiro di sollievo, perché una risposta non ce l'avevo.

Tornai a casa, frustrato all'estremo, e fui costretto a prendere *in mano* la situazione. Pensando a Jasmine, raggiunsi l'orgasmo ripensando al suo corpo premuto contro il mio e a quel momento in cui si era leccata le labbra.

Capitolo Sette

Jasmine

Squillò il mio telefono sul comodino. Era piuttosto tardi, ma non ero ancora riuscita a chiudere occhio.

Mi sollevai sulla testiera del letto, portando le coperte fino alla vita mentre guardavo fuori dalla finestra. La luna brillava alta nel cielo, proiettando un bagliore argentato sul campo dietro casa di Levi e facendo brillare gli abeti rossi. Il profilo frastagliato dei monti spiccava sullo sfondo del cielo. Con un sospiro, raccolsi il telefono e passai un dito sullo schermo.

Era un messaggio di Glen.

So che ho rovinato tutto, ma potresti almeno dirmi dove sei. Non possiamo chiuderla così per un mio errore. Ho fatto un casino, lo so. Ma ti prego, permettimi almeno di spiegarmi.

Provavo sentimenti molto contrastanti sia nei suoi confronti sia riguardo alla faccenda in sé. Ma una certezza l'avevo, ovvero che tra noi due era finita. Ogni volta che pensavo a lui, la mia mente faceva riaffiorare immagini di Lisa che lo cavalcava come una folle.

Contemplai se degnarlo di una risposta. Ma se non l'avessi fatto, probabilmente avrebbe continuato a tormentarmi. Con un bel respiro profondo, cominciai a scrivere.

Non sono assolutamente affari tuoi. Tra noi due è finita. Punto.

Premetti invio e lanciai di nuovo il telefono sul comodino. Mi sentivo così insignificante, rifiutata. La colpa era soltanto sua, ma per quanto lo maledicessi perché non era altro che uno stronzo infedele, ciò che mi aveva fatto bruciava ancora. La mia autostima ne aveva risentito profondamente.

Donovan balzò tra i miei pensieri e mi venne voglia di piangere di nuovo. Nemmeno lui mi voleva. In realtà, pensavo mi desiderasse, ma a quanto pare non abbastanza da spingersi oltre chissà quale limite si era imposto. Per qualche motivo irragionevole, mi sentivo ferita dal suo rifiuto. Ma ormai la ragione l'avevo lasciata da parte.

Lacrime calde mi rigarono il volto e sollevai le ginocchia al petto, poggiandoci sopra la fronte. Quasi non mi riconoscevo più. Già due volte, in quei giorni, avevo spento il cervello e agito d'istinto. Ma Donovan mi faceva un effetto strano. E non soltanto perché era sexy da morire; c'era molto di più. Volevo come perdermi in lui, nel suo fascino e nella sua forza.

Eppure, già per la seconda volta aveva messo bene in chiaro che non cercava nulla di serio, di certo non con me.

Continuai a piangere per qualche minuto, poi mi asciugai il viso col lenzuolo e provai ad addormentarmi.

———

Avevo appena passato un'altra settimana nel limbo più totale. Levi e Lucy erano rimasti al mio fianco e mi avrebbero ospitato volentieri finché ne avessi avuto bisogno. Non avrei neanche saputo come esprimere loro la mia gratitudine, ma non volevo comunque approfittarne troppo. Dovevo trovare una sistemazione e rimettermi in piedi da sola.

Un pomeriggio, decisi dunque di andare a trovare Janet James al Firehouse. Mia madre mi aveva accennato che stava giusto affittando lo spazio sopra il B&B di sua proprietà, in centro a Willow Brook. Abbassai il finestrino e presi una bella boccata di aria fresca. Che fosse soltanto la mia immaginazione o meno, ero convinta che l'aria in Alaska fosse speciale.

Frizzante e fresca, l'aria estiva trasportava il profumo degli abeti rossi e della vegetazione che cresceva in abbondanza durante la stagione tanto breve e tanto luminosa. I lupini erano in piena fioritura, il loro bel viola intenso che colorava i campi. I cameneri sarebbero invece sbocciati a breve, tingendo il panorama di fucsia e creando un'esplosione di colore.

Un sorriso mi arricciò le labbra. Durante gli anni delle superiori avevo aspettato con ansia il diploma per poter fuggire. L'Alaska l'avevo sempre amata, eppure ero convinta di dover spiegare le ali e prendere il volo per esplorare il mondo.

All'università avevo viaggiato per gli Stati Uniti, approfittando delle pause tra una sessione e l'altra. Avevo visitato diverse città e mi ero praticamente innamorata di San Francisco. Però non ero mai riuscita a sentirmi a casa. Dopo aver ampliato i miei orizzonti, Willow Brook aveva perso quel senso di prigione che gli avevo affibbiato durante la gioventù.

Scesi dall'auto e mi guardai intorno, voltando lentamente su me stessa. Il centro di Willow Brook era un posto allo stesso tempo tanto familiare quanto bizzarro. La Main Street, ovvero la strada principale, attraversava il cuore del paese. A un'estremità c'erano la caserma e la stazione di polizia, mentre dall'altra si intersecava a un altro viale che portava all'ospedale, in una piccola vallata ai margini di Willow Brook.

Tra quei due punti di ancoraggio, sulla Main Street si susseguivano numerosi negozi, ristoranti e bar. Dal centro era visibile il lago di Swan, che prendeva il suo nome dagli eleganti cigni trombettieri (*swan* sta infatti per cigno), che migravano in città ogni estate. Resort di pesca e alberghi costeggiavano le rive, mentre la sponda più lontana si apriva sulla foresta incontaminata, con la catena montuosa sullo sfondo.

Mi girai e posai lo sguardo sul Firehouse, uno dei

ritrovi preferiti dei locali, che d'estate brulicava di clienti.

Il bar occupava l'antica caserma del paese, un edificio squadrato in mattoni che durante gli anni della mia assenza era stato reso ancora più delizioso. Un murale che avevo disegnato da giovane era oramai sbiadito. All'inizio della tipica fase di ribellione adolescenziale, avevo dipinto dei girasoli enormi senza il permesso di nessuno. Manco io sapevo cos'era che mi avesse spinto a farlo, ma ero ben consapevole di quel lato un po' particolare della mia personalità che ogni tanto spuntava fuori e mi spingeva a fare cose stupide. Mi era andata molto bene, in realtà. A Janet erano piaciuti molto, quindi si era limitata a farmi lavorare per punizione.

Feci un bel respiro profondo. Tornare a casa mi aveva riportata con i piedi per terra. Il tradimento di Glen bruciava come un taglio sulla superfice delicata del cuore, una ferita che non si sarebbe richiusa molto facilmente. Continuavo a ripetermi e a convincermi che me l'ero scampata bella, ma la verità faceva comunque male. Sentivo di non meritare più l'amore di nessuno.

Mentre guardavo il Firehouse, che mi invitava a entrare, il mio cuore si strinse con forza e un groppo mi serrò la gola.

Di nuovo, eh? Certo che le vecchie abitudini sono proprio dure a morire.

Oh, ma porca miseria. Devi davvero torturarti perché sei a pezzi?

L'autocritica era tra i miei più grandi talenti. Scossi violentemente la testa, cercando di scacciare quella vocina fastidiosa.

Un altro bel respiro e, gettando i capelli dietro la spalla, mi costrinsi ad aprire la porta, venendo travolta da un leggero senso di gioia quando le campanelle risuonarono nell'aria.

Sollevai lo sguardo e vidi Janet dietro il bancone, che sorrideva al cliente che stava servendo. Nonostante quel sorriso non fosse rivolto a me, riuscì comunque a placare in parte il turbamento che mi opprimeva il petto. Proprio non sapevo cos'avrebbe fatto Willow Brook senza Janet. Era il cuore pulsante del paese.

Dall'ultima volta in cui l'avevo vista, i suoi folti capelli neri contavano qualche ciocca argentata in più. Il suo sorriso era caloroso come sempre, gli occhi colmi di affetto. Essendo pomeriggio, il locale non era molto affollato. Ma si sarebbe riempito comunque a breve, quando la gente avrebbe finito di lavorare.

All'interno era proprio come lo ricordavo. Non che negli anni non fossi più tornata, ma sembrava comunque essere passata un'eternità. Mi guardai intorno, l'ambiente colorato dal pavimento azzurro in cemento, le tende vivaci, i davanzali rosa brillante, i quadri alle pareti e i fiori fucsia dipinti sul vecchio palo dei pompieri. Lo spazio che un tempo aveva funto da garage per i camion era stato trasformato in un'adorabile sala per i clienti. Su un lato c'erano la cucina e la pasticceria a vista.

Il profumo di dolci appena sfornati e di caffè aleggiavano nell'aria. Sebbene fossi andata lì per una ragione ben precisa, non potevo certo andarmene senza una buona tazza di caffè. Arrivai al bancone proprio mentre Janet stava finendo con un cliente.

Mi guardò e strabuzzò gli occhi con un sorriso, lasciando una frase a metà. "Jasmine! Ma che piacere vederti."

Riportò subito l'attenzione al cliente e gli passò il

resto. Rimaste sole, si voltò verso di me, che mi poggiai al bancone e strinsi il bordo tra le mani.

"Oh, mio Dio! Vieni subito qui," mi disse, facendomi cenno di fare il giro.

Era impossibile dire di no a Janet, non certo che volessi farlo. Arrivai dall'altro lato del bancone e mi abbracciò forte. Profumava di biscotti alla cannella e caffè.

Mi lasciò poi andare e mi posò le mani sulle spalle. "Come stai, cara?"

"Tutto bene." Arricciai le labbra. "Forse."

Ovviamente, Janet era amica dei miei genitori, quindi probabilmente conosceva già tutta la faccenda con Glen. Ma non era il momento per affrontare un argomento così triste. Sollevò il mento e mi guardò. "So che sei contenta di essere di nuovo a casa. Sappi che lo siamo anche noi," affermò con decisione. "Vieni, andiamo qui accanto."

Notando la mia confusione, aggiunse, "Sto rinnovando l'edificio, quindi quest'estate non apro il B&B come al solito. C'è molta gente interessata alle suite al piano di sopra. Lì su non stanno facendo lavori, ma c'è comunque molto rumore e ho preferito non affittare ai turisti. Visto che tua mamma mi ha detto che stai cercando casa, ho pensato di darti la priorità assoluta. Ti va di dare un'occhiata?"

Annuii e Janet lanciò un urlo nel laboratorio di pasticceria. "Daniel!" Un ragazzo arrivò presto alla porta.

"Mi hai chiamato?" le domandò.

Proprio come anche io avevo fatto alle superiori, molti altri ragazzi si divertivano a lavorare al locale quando avevano qualche ora libera. Janet era una persona meravigliosa e le mance tornavano molto comode.

"Sì. Sto portando Jasmine qui accanto. Torno tra dieci minuti, ok?"

Daniel aprì la porta e si mise al bancone, rivolgendomi un sorriso. Era alto e slanciato, con i capelli castani e dei begli occhi azzurri.

"Prima posso prendere un caffè? Se non ti dispiace," le domandai, mentre mi avvolgeva la mano attorno al gomito.

Mi sorrise dolcemente. "Ma certo. Faccio subito." Neanche un minuto dopo, mi passò una tazza di caffè della casa con un ciuffetto di panna sopra.

Mi prese di nuovo per il braccio e mi portò fuori. Il suo B&B occupava un palazzo proprio accanto al bar. In passato, era stata la dimora del capo dei pompieri. Janet e suo marito avevano acquistato entrambi gli edifici dopo la costruzione della nuova caserma. Suo marito era morto in un incidente d'auto su una strada ghiacciata e Janet si era fatta forza per andare avanti nonostante il dolore, diventando una colonna portante di Willow Brook con il suo locale.

Ci avvicinammo a passo svelto al palazzo, perché Janet andava sempre di fretta. Il piano inferiore era completamente vuoto e sembrava proprio un cantiere, con cartongesso a pezzi e la struttura esposta.

"Wow, stanno proprio rifacendo tutto," commentai.

Si girò a guardarmi con un sorriso. "Se ricordi, il piano di sopra l'ho rinnovato quando eri alle superiori. Avrei voluto sistemare subito anche il piano di sotto, ma tra una cosa e l'altra ho continuato a rimandare. Però questo inverno sono esplose delle tubature e non ti dico che macello. Dovendo già pagare per i lavori di riparazione, ne ho approfittato per portare avanti il progetto. Beh, non lo sto portando avanti *io*, ovviamente. Pago e basta," disse con una risata.

Aprì dunque la porta che dava alle scale e mi fece cenno di seguirla. Gradini in legno lucido portavano al piano di sopra, dove c'era un corridoio con due suite per gli ospiti. Ripensandoci, nonostante avessi visto il palazzo una marea di volte, quella era la prima volta che lo visitavo.

Janet mi condusse in una delle due splendide suite. La porta si apriva su un open space con soggiorno e cucina, il soffitto alto che vantava ben due lucernai. L'ambiente era ben illuminato. Le finestre del soggiorno davano sul lago di Swan, visibile oltre i palazzi di fronte. La cucina era in un angolino, con due banconi contro la parete e un tavolino da pranzo rotondo. Per quanto piccola, era comunque ben fornita.

La camera da letto era molto ampia, con un bagno annesso che includeva una vasca da bagno di lusso.

"Wow," dissi guardando Janet, "è proprio bella."

Janet sorrise. "Oh, ma certo. I turisti mi pagano una fortuna per soggiornare qui durante l'estate."

Mi morsi il labbro, preoccupata di non potermi permettere l'affitto. "Quanto mi costerebbe?"

Agitò una mano con noncuranza. "Ah, a te nulla."

"Janet, non posso non pagarti," protestai.

"Tesoro, siamo praticamente una famiglia. So che quando troverai un lavoro e potrai mettere da parte qualche soldo riuscirai a pagare l'affitto. Non voglio che svuoti i tuoi risparmi. Fattene una ragione, su," affermò fermamente. "Fammi solo sapere se la vuoi. In quel caso, è tua fino all'estate prossima o comunque finché non trovi un'altra soluzione."

Avrei voluto oppormi, ma Janet era testarda quanto me. E poi quello sguardo lo conoscevo fin troppo bene.

"Beh, certo che la voglio. Non sono pazza. È bellissima! Ti prometto che in qualche mese riuscirò a pagarti l'affitto."

"Perfetto," disse allora, girandosi e avvicinandosi in tutta fretta alla porta. "Devo tornare al bar. Oh, il tuo vicino…"

Si fermò quando le squillò il telefono, la suoneria "1999" di Prince. Controllò subito lo schermo. "Devo rispondere, è un nostro fornitore. Aspetta che prendo le chiavi."

Senza lasciarmi il tempo di rispondere, rispose alla chiamata e infilò il telefono tra la spalla e l'orecchio, mentre cercava le chiavi in tasca. Dopo avermele passate, corse via senza neanche salutare.

Mi misi al centro della suite, fermandomi di nuovo ad ammirarla. Era proprio perfetta. Finalmente potevo concentrarmi sul mio futuro senza dover essere d'impiccio a Lucy e Levi. Non solo non amavo molto fare la scroccona, ma dopo le nozze saltate faceva male dover vivere con una coppia felice come la loro. Mio fratello venerava sua moglie e lei non era di certo da meno.

Speravo di poter trovare anche io qualcuno che mi amasse così tanto, dato che chiaramente mi ero sbagliata su Glen. Ma perfino prima che trovassi la mia amica-barra-capo che lo cavalcava come una cowgirl lui non mi aveva mai guardata come Levi e Lucy si guardano a vicenda. Si vedeva lontano un miglio che erano innamorati pazzi l'uno dell'altra.

Scossi la testa per tornare alla realtà e scacciai via quei pensieri cupi. Mi chiusi la porta alle spalle e tornai a casa di mio fratello, per recuperare le mie cose e dar loro la notizia.

Nonostante tutte le ansie e le incertezze per il futuro, finalmente ero riuscita a trovare una piccola isola di pace per me stessa.

Capitolo Cinque

JASMINE

Quella sera, dopo una partita di carte al Wildlands con le ragazze — ovvero Lucy e le sue amiche Amelia, Susannah, Maisie, Ella e Charlie — passeggiavo sulla Main Street dopo aver bevuto qualche calice di vino. Per fortuna non avevo esagerato, perché l'alcol non lo reggevo affatto bene. Infatti, ero comunque brilla. Entrai nel B&B di Janet e salii al piano di sopra.

Provai a infilare la chiave nella porta della mia suite, ma mi scivolò dalle dita. Ci riprovai e la misi dentro al contrario. Ci lottai un po' per tirarla fuori e schizzò via, cadendo di nuovo sul parquet. Un attimo dopo, sentii aprirsi la porta alle mie spalle. Sobbalzai per lo spavento e mi voltai. Mi ero completamente dimenticata che poteva esserci qualcun altro.

Mi si parò davanti Donovan Ryan, in tutta la sua gloria. No, gloria è un eufemismo. Quell'uomo era bello come un dio. E in quel momento era a torso nudo. Quindi il mio sguardo si fissò senza il minimo pudore sulla parete di muscoli esposta. Il petto largo e robusto era coperto da una leggera peluria nera che scendeva lungo il torace e svaniva sotto la cintura dei jeans. I miei occhi ribelli e svergognati si mossero da soli seguendo quella scia scura, volendo tanto poter scendere ancora più in basso. I jeans gli ricadevano morbidi sui fianchi, mettendo in bella mostra la V dei muscoli.

Mi venne l'acquolina in bocca, mentre un calore violento mi pervadeva tutta. Santo cielo. Quell'uomo era sesso allo stato puro. Strano che non mi fossi sciolta subito ai suoi piedi in una pozza. Mi costrinsi a sollevare lo sguardo, sentendo il viso in fiamme.

Ero eccitata da morire e rischiavo di impazzire.

Trovai i suoi occhi, che si fecero subito più intensi. Mandai giù il groppo alla gola, implorando il mio cuore di calmarsi. Dopo attimi di silenzio teso, Donovan sollevò un sopracciglio scuro, guardandomi dalla testa ai piedi e lasciandosi dietro una scia ardente.

"Che ci fai qui?" mi domandò.

Soltanto in quel momento realizzai che avevo la bocca leggermente aperta. La chiusi subito e indicai alle mie spalle. "Sto qui accanto. Tu invece?"

Strinse gli occhi e li chiuse, scuotendo la testa. Quando li riaprì, ci vidi dentro un velo di tristezza. "Ah, capisco. Io ho preso questa suite, quindi sei la mia nuova vicina."

"Ma non hai una casa tutta tua, scusami?" gli chiesi.

Un sorrisetto pigro gli incurvò le labbra. Maledizione, quei suoi sorrisi mettevano a rischio la mia sanità mentale.

"È giusto una soluzione temporanea. Sto facendo costruire una casa nuova, quindi Janet mi ha lasciato la suite. Intanto io la aiuto con i lavori di ristrutturazione. Ma tu non stavi da Levi?"

"Beh, sì, ma volevo un posto tutto mio. Janet mi ha invitata qui e ho accettato volentieri." Feci una pausa, angosciata e senza sapere cos'altro dire. Il modo in cui il mio corpo rispondeva al suo mi faceva sentire una matta. "Vabbè, ora devo andare," aggiunsi in tutta fretta. "Buonanotte." Provai a infilare di nuovo la chiave nella serratura e, con mio grande sollievo, ci riuscii al primo colpo.

Mi fiondai dentro e mi chiusi con forza la porta alle spalle, per poi poggiarci contro la schiena. Facevo fatica a respirare, mentre il cuore martellava con violenza contro la cassa toracica.

Oh, porca miseria. Come avrei fatto a sopravvivere con quel frutto proibito di Donovan Ryan a due passi da me?

Capitolo Sei

DONOVAN

Il mattino seguente, mi svegliai dopo una nottataccia. L'ultima persona che mi sarei aspettato di vedere la sera prima era Jasmine. Averla a un corridoio di distanza sarebbe stata una vera tortura.

Avevo accettato l'offerta di Janet e stavo restando in una delle due suite durante i lavori di costruzione della mia nuova casa. Per non pagare l'affitto avevo accettato di aiutarla con la ristrutturazione del piano inferiore. Avevo cominciato i lavori per la casa l'estate prima, ma quell'anno avevo deciso di assumere un'impresa per completarli. Il progetto si era rivelato troppo complesso per una persona sola, soprattutto per un hotshot che stava via in missione per settimane. I lavoretti al B&B invece erano molto più semplici e pratici, la soluzione perfetta per risparmiare sull'affitto.

Immaginavo che prima o poi Janet avrebbe dato a qualcuno anche l'altra suite, ma onestamente non me n'ero mai preoccupato più di tanto. Dopo aver rivisto Jasmine, mi era toccato farmi un'altra doccia bella fredda per soddisfare il desiderio e togliermela dalla testa.

Non potevo andar dietro alla sorella di Levi. E non potevo vivere così vicino a lei.

Ricordavo perfettamente la cascata di lunghi capelli ambrati che le ricadeva sulla schiena, i luminosi occhi blu zaffiro e la dolce curva del seno.

Merda.

Mi svegliai col cazzo duro, dopo averla sognata per tutta la notte. Non era normale che perdessi così facilmente il controllo. Avevo provato a convincermi che sarei riuscito a dimenticare il sapore delle sue labbra. Ma costretto a vederla praticamente ogni giorno, vivendo così vicini, sarebbe stato a dir poco impossibile.

Con un grugnito, spinsi via le coperte e mi buttai di nuovo sotto la doccia. Ma più che la mia mano, avrei tanto voluto affondare nella carne morbida e calda di Jasmine.

Stupidamente, me l'ero presa con Janet. Perché diamine doveva affittare l'altra suite proprio a Jasmine? Ma la mia frustrazione non aveva alcun senso, lei non poteva saperne nulla sulla nostra situazione. *Bene, mi sento un vero idiota. Perché mai dovrei prendermela con Janet?* Non aveva fatto proprio nulla di male.

Dopo la doccia fredda, mi infilai dei jeans e una maglietta per andare al Firehouse. Non potevo farle una scenata, ma volevo almeno *capire* per quanto tempo Jasmine sarebbe rimasta al B&B.

Io non me ne sarei andato prima dell'inverno, quindi prevedevo già lunghi mesi di tortura, se fosse rimasta anche lei.

Aprii la porta e venni accolto dal profumo di caffè e di dolci. Il locale era pieno come al solito, la musica di sottofondo che si mescolava al brusio di voci. Mi guardai intorno e notai che i tavoli erano quasi tutti occupati. Manco a farlo apposta, il mio sguardo si posò su Jasmine, seduta da sola in un angolo.

Quel mattino aveva raccolto i capelli in una coda di cavallo, che raggiungeva metà schiena. Aveva lo sguardo puntato fuori dalla finestra, mentre col pollice tracciava il bordo della tazza.

Il mio corpo si irrigidì all'istante. Maledizione, di quel passo rischiavo di rompermi il polso. Mi costrinsi a distogliere lo sguardo e mi misi in coda per il bancone. Qualche minuto dopo arrivai da Janet, che mi accolse con un sorriso caloroso.

"Buongiorno, Donovan. Sono passata da poco al B&B e ho visto che i lavori procedono bene. Ti ringrazio tanto per l'aiuto."

"Nessun problema," risposi. Ero indeciso se chiederle di Jasmine, ma mi anticipò comunque.

"A proposito, volevo chiamarti però mi sono scordata. Jasmine..." si fermò e si voltò verso il tavolo a cui era seduta, "si è trasferita momentaneamente nell'altra suite. Immagino non ti dispiaccia, vero?"

Janet non poteva neanche immaginarselo che Jasmine era diventata molto in fretta il mio oggetto di desiderio. Consapevole che mi avrebbe fatto facilmente impazzire, la sua presenza mi preoccupava alquanto. Ma non potevo certo dirglielo.

"Certo che no," mentii. "Per quanto tempo rimane?"

Si strinse nelle spalle. "Finché ne avrà bisogno. Tanto fino alla prossima estate non posso affittare le due suite, quindi per il momento non c'è problema. Sono certa che sarete ottimi vicini," disse con un sorriso allegro.

Mi trattenni dal ridere. Se Jasmine non fosse stata quel frutto così proibito, non dubitavo che sarebbe stato molto più facile.

"Ma sì, vedrai. Comunque, mi prepari uno *Shot in the Dark?*" le chiesi, riferendomi al mio caffè della casa preferito, passandole una banconota da cinque.

"Certamente," rispose, girandosi per preparare il caffè con lo shot di espresso. Mi feci dunque in disparte, in attesa. Quando mi diede il resto, lo lasciai nel barattolo delle mance.

Proprio quando mi voltai col caffè in mano, Jasmine sollevò lo sguardo e i nostri occhi si incrociarono. Un'altra scarica elettrica mi pervase e cominciai a muovermi nella sua direzione, come attratto da una calamita.

Ma che cazzo fai, cretino?

Il vicino cortese, ok? Non posso mica ignorarla.

Arrivai al tavolo e la guardai.

Le sue folte ciglia le sfiorarono le guance quando alzò la testa e incrociò di nuovo il mio sguardo.

"Buongiorno."

"Buongiorno," risposi, la voce più burbera del previsto.

Starle così vicino era pericoloso. Purtroppo, o per fortuna, da lassù avevo una visuale perfetta sulla scollatura. Indossava una camicetta un po' larga, da cui riuscivo a vedere benissimo il solco tra i seni. Era di un blu intenso, mentre il pizzo del reggiseno che spuntava da sotto il tessuto era blu marino. Avrei dato qualsiasi cosa per poterle sbottonare la camicetta e palpare il seno rigoglioso.

L'aria si caricò di elettricità e notai poco dopo i capezzoli turgidi che spuntavano come due piccole gemme.

Porca troia.

Mi costrinsi a sollevare lo sguardo, tenendolo puntato sul suo volto. Ma purtroppo non aiutò. Le labbra leggermente incurvate all'insù erano piene e carnose. Prese il labbro inferiore tra i denti e poco dopo spezzò il silenzio. "Quindi siamo diventati vicini di casa, eh."

"Eh, già," risposi, ignorando il martellio del mio cuore e l'erezione pulsante. "Per ogni cosa, chiedi pure."

"Tu quanto resti?"

"Ancora qualche mesetto, come minimo. Tra una missione e l'altra mi sto occupando dei lavori di ristrutturazione del B&B. E devo anche aspettare che finiscano di costruire la casa nuova."

Jasmine bevve un sorso di caffè e provai un'invidia innaturale quando passò la lingua sul labbro inferiore per catturarne una goccia.

"Allora vivremo qui insieme per un bel po'. Prevedo di restare almeno fino all'estate prossima. Ma non noterai nemmeno la mia presenza, davvero. Giuro che sono un'ottima vicina di casa," disse con un sorrisetto.

Neanche poteva immaginarselo l'effetto che aveva su di me. Annuii alle sue parole e sorseggiai il mio caffè intenso e amaro. "Ora devo andare in caserma. Ci si vede," la salutai, voltandomi e costringendo le mie gambe a muoversi.

Per strada, provai a convincermi che quel forte desiderio che riusciva sempre a risvegliarmi dentro Jasmine prima o poi sarebbe svanito. Altrimenti non sarei riuscito ad andare avanti.

Quel pomeriggio, mi voltai verso le fiamme che si alzavano alte nel cielo. Eravamo poco fuori Willow Brook e ci stavamo occupando di un incendio controllato. I proprietari del terreno ci avevano dato il permesso di bruciare sterpaglie e alberi morti per ripulire una zona pericolosa come addestramento per le squadre.

Era una bella giornata di sole, senza un filo di

vento. La metà della squadra aveva quasi finito, mentre l'altra stava per cominciare il turno. Mi fermai a osservare lo sfarfallio delle fiamme e ad ascoltare il crepitio di legna bruciata. Mi voltai per andarmene, quando sentii il mio nome. Sollevai dunque lo sguardo e vidi Levi che si avvicinava.

Un istante dopo, Jasmine danzò tra i miei pensieri. Porca troia. Non potevo permettermi di essere così ossessionato da sua sorella. Si fermò davanti a me, con un ghigno. "Ehi, vedo che avete fatto un bel lavoretto," disse con una risata.

"Già, niente male. Dovrebbe tenervi occupati per un po', ma si sta già spegnendo."

Levi annuì e il suo sguardo si incupì. "Comunque grazie ancora per aver coperto le spalle a Jasmine, l'altra sera."

"Ma figurati. Per un amico questo ed altro."

Stavo per dirgli che era diventata la mia vicina — molto, troppo vicina — di casa, ma non lo feci. Non potevo starmene a chiacchierare con Levi della sua sorellina sexy come il peccato, che non faceva altro che indurmi in tentazione.

Meno tempo passavo a pensare a Jasmine, meglio era per tutti.

Capitolo Sette

JASMINE

Seduta al tavolo rotondo nella cucina dei miei genitori, mi fermai a osservare il prato dietro casa. Era piuttosto tardi e il sole aveva da poco cominciato la sua discesa. La finestra si apriva su un panorama pittoresco dell'erba attraversata sul fondo da un fiumiciattolo, con il bosco e le montagne sullo sfondo. Pensandoci, ogni paesaggio dell'Alaska aveva "le montagne sullo sfondo".

La voce di Levi mi riportò alla realtà. Mi voltai e vidi il suo sorriso mentre accarezzava il pancione di Lucy.

Lucy alzò gli occhi al cielo. "Hai intenzione di farlo ogni giorno, finché non partorisco?" gli chiese con un sorriso. Era ancora ai primi mesi, ma Levi stava già rischiando di farla impazzire. Mia madre li stava guardando con un sorriso indulgente. Sia io che mio fratello avevamo ereditato i suoi occhi blu, mentre loro due erano biondi e io più sul castano.

"Scommetto proprio di sì. Ma sii paziente," suggerì lei a Lucy.

Con una risata, sorrise a Levi e rispose, "Lo sono già anche troppo."

Lui chinò la testa e le stampò un bacio sulla curva del collo, facendola arrossire. Mi si sciolse il cuore per quanto erano adorabili. Prima di conoscere Lucy, mio fratello era sempre stato il classico sciupafemmine, ma lei lo aveva conquistato completamente. Infatti la amava da impazzire.

Lei era una ragazza a dir poco suscettibile e irritabile, poco socievole o amichevole. Eppure Levi era riuscito a far breccia nel suo cuore gelido.

Venni travolta dall'emozione. Non che Glen mi mancasse, ma nutrivo ancora una profonda rabbia e un'amara tristezza. Fino a poco tempo prima ero davvero convinta di aver trovato la mia strada, in una bella città in cui potevo esprimere la mia creatività e accanto a un marito che avevo sempre visto come responsabile e onesto.

Prima di Glen, la mia vita sentimentale... beh, non era proprio delle migliori. Avevo il vizio di frequentare uomini che cambiavano più donne che mutande, mentre io stavo cercando in lungo e in largo qualcosa di più reale e profondo. Glen mi era sembrato quello giusto, ma purtroppo mi ero sbagliata di grosso.

Poggiai i gomiti sul tavolo e bevvi un sorso d'acqua. In quel momento, mia madre si girò a guardarmi. "Allora, tesoro, ti sei fatta un'idea di come procedere?"

Mi trattenni dal sospirare. Ormai non ne potevo più di sentirmi fare quella domanda. L'unica persona che non mi avesse ancora chiesto dei miei programmi era Donovan.

Con un sorriso forzato, cercai di rispondere in tono leggero. "Ancora non lo so, mamma. Janet mi ha dato almeno un tetto sopra la testa. Poi Amelia mi ha detto che Quinn conosce una ragazza che gestisce alcune gallerie d'arte e ne ha una a Diamond Creek. Ricordi Quinn Haynes, sì?"

"Ma certo!" esclamò mia madre. "Sua madre è una mia cara amica. Ah, sono proprio orgogliosa di Quinn. Ha preso le redini della clinica di famiglia e aspettano già un altro bimbo."

Levi rise e mi lanciò un'occhiata. "Come osi anche solo insinuare che mamma possa non ricordarsi qualcuno?"

"Ahah, hai ragione. Comunque sia, pensavo di chiamare quest'amica di Quinn. Qualcosa di concreto dovrebbe uscirne fuori. Anche se non fosse interessata ad acquistare le mie ceramiche, avrà sicuramente qualche consiglio da darmi. Poi devo cercare un posto per il forno e il tornio."

"Ci stavo giusto pensando, sai," intervenne Lucy. "Quando trovi il posto giusto, io e Amelia possiamo aiutarti nel tempo libero, se hai bisogno."

Un lampo di eccitazione mi percorse. Dopo aver beccato Glen e Lisa insieme, avevo perso qualunque senso di stabilità. Lavorare la ceramica era un po' quell'ancora che mi teneva con i piedi per terra. Nonostante fossero passate giusto poche settimane dall'ultima volta, mi mancava molto. Sapevo che mi avrebbe aiutata a ritrovare una certa normalità in quel caos che era diventata la mia vita.

"D'accordo, allora prima di tutto cerco un posto per quello, poi vediamo cosa c'è da fare. Per il momento non ho soldi, ma come trovo un lavoro vi ripago tutto."

Lucy scosse con decisione la testa. Gestiva un'impresa edile insieme ad Amelia, la sua migliore amica. "Ma ti pare che mi devi pagare? Sarà un lavoretto da nulla, non dovremmo metterci neanche un paio di giorni."

Sentii addosso lo sguardo dei miei genitori e di Levi. Nella mia famiglia era come se tutti si sentissero in dovere di prendersi cura di me.

"Grazie mille," replicai infine. "Ma troverò comunque un modo per ripagarvi."

Mio padre, il più pacato e riservato della famiglia, mi fece l'occhiolino. "A me basta che resti qui, sai? Fai quello che vuoi, ma se hai bisogno di aiuto sai dove trovarmi."

Levi lasciò il braccio dietro la sedia di Lucy, cominciando a passarle le dita tra le punte dei capelli. Poi la guardò, gli occhi colmi di orgoglio. "L'impresa di Lucy e Amelia è la migliore del paese."

La tensione che mi stringeva il petto allentò un poco la presa. Ero ancora molto agitata a livello sia mentale che emotivo. Dopo una settimana come quella, non sapevo più che pesci prendere.

La conversazione proseguì e poco dopo salutai i miei genitori, seguita da Levi e Lucy. Mio fratello si fermò in fondo ai gradini del portico e incrociò il mio sguardo. "Guarda che non c'era bisogno che trovassi un altro posto dove stare, sai?"

Non era la prima volta che tirava fuori l'argomento, da quando mi ero trasferita nella suite. Avevo ferito i suoi sentimenti, ma non riuscivo a fargli capire che avevo bisogno di spazio per me stessa. Nella luce fioca serale, trattenni un altro sospiro.

"Lo so, Levi. Ma non volevo starvi tra i piedi."

Lucy gli diede una leggera gomitata, prima di intervenire. "Amore, le ho detto una marea di volte che da noi è la benvenuta. Però mi sa che forse, e dico forse, preferisce non vivere con suo fratello che le sta col fiato sul collo."

Lucy era proprio una donna perspicace. Non gliene avevo assolutamente parlato, ma aveva colto comunque nel segno. L'espressione di Levi si indurì e socchiuse infastidito gli occhi.

"Non le stavo mica col fiato sul collo." Riportò lo sguardo su di me. "Se hai intenzione di andartene presto da Willow Brook, vedi di non illudere mamma e papà."

Le sue parole mi irritarono fortemente. Sentii le guance in fiamme, un misto di dolore e rabbia nel cuore. Mio fratello era uno che amava divertirsi, un ragazzo spiritoso e premuroso, ma come due normali fratelli ogni tanto ci scontravamo. Come se non bastasse, un evento del nostro passato lo aveva reso ancora più protettivo nei miei confronti.

Il passato era passato, ma si era lasciato dietro alcune ferite. Mi sentivo una vera stupida e sicuramente lo pensavano tutti quanti. Avevo accettato la proposta di matrimonio di uno stronzo che mi tradiva alle mie spalle, poi mi ero lasciata guidare dalla rabbia e avevo perso il controllo e di conseguenza il lavoro. Mi era dunque toccato tornare a casa e appoggiarmi a parenti e amici per restare a galla.

Chissà cosa lesse mio fratello nella mia espressione, ma chiuse gli occhi e scosse con decisione la testa. Lucy rimase in silenzio, guardandoci con occhi strabuzzati.

Quella sua incertezza era a dir poco inusuale, per una ragazza che non si faceva mai problemi a dire la sua.

Mandai giù il groppo alla gola, il petto come una morsa attorno al cuore. Quando Levi aprì gli occhi, erano colmi di rimpianto.

"Scusami, Jasmine," mormorò, mortificato. "Mi sono espresso male."

"Tranquillo, ho capito che volevi dire. Hai ragione, sai. Sono molto confusa e ancora non so bene che strada prendere, ma non ho alcuna intenzione di lasciare Willow Brook. Ora devo andare," dissi, voltandomi dall'altra parte, a passo svelto.

"Jasmine!" esclamò Lucy, alle mie spalle.

Percepii la sua presenza delicata e allo stesso tempo ferrea quando mi raggiunse. "Hai bisogno di qualcosa?" mi domandò con estrema dolcezza.

"No, grazie, sono a posto così. Voglio solo andarmene." Dietro di lei, vidi Levi che si avvicinava.

Salutai e salii in macchina per mettere un punto fermo alla conversazione. Ero profondamente turbata e inquieta. Le parole di Levi avevano riaperto una vecchia ferita, riportando allo scoperto una verità che faceva un male cane.

Volevo spegnere il cervello. Parcheggiai e rimasi qualche minuto davanti al B&B. Misi la borsa in spalla e attraversai la strada per aprire la porta. Varcata la soglia, me la chiusi alle spalle e venni accolta dal rumore ritmico di un martello. Doveva essere Donovan, che lavorava su qualcosa. Quando mi voltai per controllare in una delle stanze che stava ristrutturando, mi si seccò la gola.

Ecco, una cosa era Donovan ricoperto da strati di vestiti, un'altra era Donovan a torso nudo e con dei jeans scuri addosso. Quell'uomo minava pericolosamente alla mia sanità mentale. Per poco non mi sciolsi lì sul pavimento. Dato che ancora non aveva avvertito la mia presenza, ne approfittai per ammirarlo. Mi dava le spalle, con in mano una trave di legno. Feci scorrere gli occhi lungo la parete di muscoli che luccicava un poco per il sudore.

Il panorama mi provocò un dolore dolce tra le cosce, mentre il cuore prendeva a battere all'impazzata.

Ero ancora lì ferma immobile a fissarlo quando si

voltò. Parve un poco sorpreso dalla mia presenza, ma non si scompose.

Io invece stavo perdendo completamente la ragione. Sentivo il volto in fiamme e mi stavano esplodendo le ovaie per il desiderio sfrenato.

Ma per fortuna lui non si rese conto di nulla. Abbassò lentamente la mano, che reggeva debolmente il manico del martello. Perfino così rilassato, era assolutamente divino. Porca miseria. Volevo farlo mio. Avrei voluto leccare ogni centimetro del suo corpo statuario. Seguii con lo sguardo i ciuffetti di peli che scomparivano dietro la cintura, mentre le mie dita fremevano per toccarlo.

Senza neanche rendermene conto, mi avvicinai a lui come attirata da una forza invisibile. Provare a resistere ai miei impulsi sarebbe stato impossibile. Volevo Donovan, e lo volevo *subito*.

Capitolo Otto

DONOVAN

Jasmine attraversò la stanza, il viso incorniciato da una cascata di capelli che le ricadeva sulle spalle, mentre gli occhi zaffiro mi fissavano con intensità. Mi aveva colto alla sprovvista. Ero tornato a casa dopo una giornata estenuante, ma avevo comunque bisogno di distogliere la mente dal turbamento interiore. Avevo dunque deciso di dedicarmi ai lavori del B&B, anche se purtroppo non era bastato a placarlo.

La presenza di Jasmine alle mie spalle fu come un colpo di frusta che squarciava l'aria. L'onda d'urto mi travolse con forza, caricando l'aria di energia elettrica.

Indossava i soliti stivali da cowboy, sotto una gonna aderente in cotone che le abbracciava i fianchi e le arrivava appena sotto le ginocchia. Sopra invece portava una camicetta morbida con un'ampia scollatura, i bottoncini che si perdevano nel solco tra i seni, di un color panna quasi velato sotto cui riuscivo a distinguere il pizzo del reggiseno. Sarà stata solo un'illusione, ma al mio corpo bastò. L'esistenza stessa di quella donna mi tentava come il peccato.

Riportai lo sguardo sul suo volto proprio come si

fermò a pochi passi da me. Aveva le guance arrossate e gli occhi sbarrati. Non sapevo come interpretare la sua espressione. Maledizione, in realtà non dovevo neanche pensarci, avrei dovuto alzare un alto muro tra me e lei. *Non* potevo fantasticare sulla sorella di un mio amico.

Ma il desiderio che mi accendeva dentro Jasmine era una forza devastante che mi mandava in tilt il cervello.

E lo vedevo riflesso anche nei suoi occhi. Quando il suo sguardo incrociò il mio, un altro colpo di frusta sferzò l'aria. Sentivo l'erezione premere contro i jeans e strinsi con forza il martello, per tenermi ancorato alla realtà.

Mentre mi guardava, la sua aria da dura vacillò e scorsi tracce di vulnerabilità nel profondo dei suoi occhi. Per qualche motivo, la volevo ancora di più. Fui colto subito da un intenso senso di protezione, che andò ad alimentare le fiamme del desiderio.

Restammo fermi in silenzio per un po', occhi negli occhi. Una voce dentro di me mi ripeteva che non potevo lasciarmi andare alle emozioni. Eppure, il bisogno viscerale che avevo di lei superava ogni logica. Ero dunque sceso a un compromesso, ovvero che avrei aspettato fosse lei a fare la prima mossa.

Fece altri due passi, eliminando la distanza che ci separava. Riuscivo a sentire il calore del suo corpo e il suo profumo di muschio mischio a fragola mi inondò le narici. Probabilmente usava uno shampoo molto dolce.

Allungò il braccio e mi prese di mano il martello.

"Questo non ti serve," affermò, la voce seducente che mi avvolgeva come una nube carica di elettricità, risvegliando ogni terminazione nervosa.

Registrai a malapena il tonfo che rimbombò

nell'aria quando il martello cadde per terra. Jasmine non era molto alta, mi arrivava appena alle spalle. Sollevò una mano e la fece scorrere sulla barbetta. Proprio come durante il nostro primo incontro, il suo tocco si lasciò dietro una scia di fuoco sulla pelle.

Mandai al diavolo il compromesso e le passai le dita tra i capelli, lasciando la mano dietro la nuca. Rimasi fermo per un istante, come per mettere alla prova il mio autocontrollo.

Però, il mio piano fallì miseramente. In un lampo, catturai la sua bocca. Le mie labbra erano come un fiammifero acceso, le sue una tanica di benzina. Al contatto, un incendio devastante ci avvolse. Senza più riuscire a trattenermi, sfidai la sua lingua a duello e il bacio si fece selvaggio.

La passione di Jasmine rispecchiava la mia. Quando si premette al mio corpo, le feci scivolare la mano lungo la schiena per arrivare a palpare il sedere morbido. Mi sfuggì un grugnito gutturale e lei si inarcò contro di me, il seno che spingeva contro il mio petto. Riuscivo a sentire i boccioli turgidi attraverso la seta sottile.

Porca troia.

Nel preciso istante in cui le avevo messo gli occhi addosso, dentro di me avevo capito che sarebbe andata a finire in quel modo. Il mio corpo non avrebbe potuto fare a meno di lei.

Fece scorrere una mano sui pettorali nudi, il tocco infuocato. E io che pensavo di essere forte, di riuscire a resistere a quel desiderio ardente e sfrenato che avevo di lei. Le fiamme della nostra passione ridussero in cenere le mie remore.

La solita vocina nella mia mente batteva con forza i pugni contro la porta della mia ragione, ma non era altro che un suono distante, sovrastato da tutto il resto.

Aggrappandomi con tutte le mie forze all'ultimo briciolo di controllo rimasto, staccai la bocca dalla sua, sentendo subito la mancanza delle sue labbra. Riuscendo a vincere la frenesia, mi trattenni dal leccare la deliziosa curva del suo collo. Vedevo il battito impazzito del suo cuore sotto la pelle tanto delicata, mentre il suo profumo mi inebriava come una droga.

La voce della ragione mi costrinse a parlare.

"Lo vuoi davvero?" le chiesi.

Nemmeno io sapevo a chi è che stessi facendo esattamente quella domanda. Forse a entrambi.

I suoi occhi velati dal desiderio catturarono i miei. Aveva le labbra rosse e gonfie per il bacio, le guance in fiamme. Non si mosse di mezzo centimetro, restando appiccicata tra le mie braccia. Durante quel bacio folle, le avevo infilato il ginocchio tra le cosce, infatti sentivo il calore della sua eccitazione tra gli strati di vestiti che ci separavano. Dentro di me lo sapevo che era bagnata e pronta, ma non vedevo l'ora di testare quella teoria.

Continuò a fissarmi in silenzio. Il nostro respiro era l'unico rumore nella stanza, affaticato e ansimante. Il battito martellante del mio cuore mi rimbombava nelle orecchie.

"Sì, è quello che voglio," rispose infine, la voce rauca che continuava ad alimentare le fiamme che ci circondavano.

Ero talmente perso in lei che per un istante dimenticai la mia domanda. Un sorrisetto le sfiorò le labbra. "*Tu* lo vuoi?"

La voce della ragione prese il sopravvento. "Tuo fratello è un mio amico," mormorai.

Oh, quanto non le piacque quella risposta.

Mi fulminò con lo sguardo. "Levi non è mica il mio custode. La mia vita sessuale non lo riguarda affatto," disse piattamente, con aria di sfida.

L'aria si caricò di elettricità come prima di un temporale, pronto a esplodere con violenza da un momento all'altro.

Avevo abbassato le difese, il mio autocontrollo ormai era appeso a un filo. Ma la mia rovina arrivò un attimo dopo, quando Jasmine incrociò il mio sguardo e abbassò la testa, posando una serie di baci sui pettorali.

Sentire le sue labbra sulla pelle era come venire avvolti da una cascata di lava. Un gemito mi sfuggì e lei sollevò di nuovo la testa, ritrovando la mia bocca. Come se non fosse successo nulla, riprendemmo da dove ci eravamo lasciati. Il bacio si fece selvaggio, tra carezze della lingua e morsi voraci.

Intrecciò il piede al mio polpaccio, carezzandomi la schiena e lasciando delicati solchi con le unghie. La presi in braccio e con un grugnito mi staccai dalle sue labbra, impaziente di gustare la pelle morbida. Era un misto di dolce e salato, il profumo paradisiaco. Volevo tanto potermela mangiare tutta.

Mi avvolse le gambe attorno alla vita e la gonna si sollevò. La portai su un bancone contro la parete, poi sollevai la testa per poterla ammirare. Aveva il fiato corto, i capezzoli che premevano contro il mio petto a ogni respiro. Con le guance arrossate, le labbra gonfie e il sesso caldo che pulsava sulla mia erezione mi stava facendo letteralmente impazzire. Il desiderio mi offuscò la mente, assumendone il controllo totale.

Sollevò le mani e in pochi secondi si sbottonò la camicetta. Era mossa da una forza che ancora non ero riuscito a comprendere, ma un lato più selvaggio sembrava farsi largo sugli altri. Però ormai nemmeno io sarei più riuscito a fermarmi. Quando la camicetta si aprì, abbassai lo sguardo e precipitai in un abisso senza via di uscita.

Indossava un reggiseno in pizzo color panna, da cui spuntavano i due boccioli tentatori. Il seno praticamente straripava fuori dal tessuto. Le carezzai il ventre col dorso delle dita, provando un brivido di soddisfazione quando trattenne il fiato. Guardandola negli occhi, feci scivolare la mano sulla curva dei seni, prendendone uno nel palmo. Massaggiai il capezzolo col pollice e qualcosa le attraversò lo sguardo. Dischiuse la bocca, il cuore che batteva a mille come il mio.

"Che cosa vuoi?" La domanda mi sfuggì dalle labbra d'istinto.

Perché nonostante la violenza dei miei sentimenti in quel momento, quella vulnerabilità e la sensibilità che nascondeva mi fecero premere il freno.

"Te. Ora," rispose piattamente.

Chinai la testa e tracciai la curva del collo con le dita, perdendomi nel suo profumo e nel sapore delizioso. Arrivai all'osso della clavicola e scesi ancora più giù, nel solco tra i seni. Stuzzicai i boccioli attraverso la seta, mordicchiandoli e succhiandoli mentre lei urlava e mi affondava le dita tra i capelli. La fitta di dolore che mi pervase quando li tirò con forza mi provocò allo stesso tempo un piacere immenso.

Sollevai la testa e feci un passo indietro, poi le avvolsi le dita attorno ai polpacci e da lì mi feci strada lungo le gambe, divaricando le ginocchia. La sua pelle era come miele, ambrata e lucida, che metteva in risalto il blu acceso degli occhi.

Sentivo il bisogno disperato di toccarla, ovunque. Con gli stivali che penzolavano dal bordo del bancone e la gonna sollevata fino alla vita, era bella da togliere il fiato. Rischiavo di venire così, solo a guardarla. La desideravo così ardentemente da far male.

Arrivato alle cosce, feci scivolare le mani fino ai fianchi e li afferrai con forza per avvicinarla al bordo del bancone. Abbassai lo sguardo e vidi che indossava delle normalissime mutande azzurre in cotone, che mi eccitarono da morire. Per quanto ardentemente volessi possederla, dovevo prima soddisfare la sua sete. Non potevo correre troppo e abbandonarmi ai miei istinti.

Raggiunsi con i pollici l'apice delle cosce e carezzai la pelle setosa e invitante. Rabbrividì sotto il mio tocco e le venne la pelle d'oca. Trascinai le dita sul cotone bagnato tra le gambe e infilai un dito sotto l'orlo delle mutandine. Le spostai di lato e trattenni un grugnito animale davanti al suo sesso rosa e gonfio, che luccicava per l'eccitazione.

Non ero un santo, ma era passato un bel po' di tempo dall'ultima volta. Sapevo che Jasmine mi avrebbe spinto presto oltre il limite. Sollevai lo sguardo e feci scivolare le dita sulla carne morbida. Era bagnata fradicia, la pelle delle cosce umide dagli umori.

"Guardami," mormorai.

Avevo bisogno di vederla venire. Ansimava violentemente, il petto che si sollevava con ogni respiro. Incrociò il mio sguardo e si passò la lingua sul labbro. Il mio membro reagì all'istante.

Affondai un dito nel canale pulsante e socchiuse gli occhi, con un gemito. Infilai un secondo dito, mentre col pollice presi a tormentarle il clitoride. Si strinse attorno a me e sfilai la mano, per penetrarla subito dopo.

Per non perdere completamente la ragione, avevo bisogno di gustarla. Chinai la testa e leccai attorno alle labbra, mentre con le dita continuavo a fottere il canale stretto e bagnato. Potevo soltanto immaginare come sarebbe stato farla mia. Porca troia.

Dei versetti gutturali le scapparono dalle labbra, mentre assecondava i miei movimenti col bacino. Il suo sapore dolce mi stava già creando dipendenza e mi sentivo quasi ubriaco. Adoravo sentirla gridare, il modo in cui si aggrappava con tutte le sue forze ai miei capelli. Le strinsi con l'altra mano un fianco, affondando le dita nella carne. Le sue curve generose erano a dir poco divine ed era così bella da togliere il fiato.

Quando sentii il suo corpo irrigidirsi, spostai la lingua sul clitoride e presi a succhiarlo delicatamente. Lanciò un grido di puro godimento e si strinse intorno alle dita. Con un'ultima leccata, sollevai la testa per osservarla. Inarcò violentemente la schiena, il seno scosso dai suoi tremori. Era meravigliosa.

Capitolo Nove

JASMINE

Un piacere immenso mi colpì con una violenza devastante. In quel momento non esisteva nient'altro. Percepivo soltanto il fuoco incandescente che mi avvolgeva tutta quanta. Ad ancorarmi alla realtà, la mano di Donovan stretta sul mio fianco e le dita ancora affondate dentro di me.

Ritornai lentamente nel mio corpo e aprii a fatica gli occhi, trovando i suoi in attesa. Il cuore mi martellava contro la cassa toracica. Non sapevo assolutamente cosa dire. Mi aveva appena procurato l'orgasmo più intenso di tutta la mia vita.

Grazie a lui, ero riuscita a dimenticare tutto il resto e abbandonarmi completamente, cancellando quell'ansia che mi soffocava. Ma era impossibile non perdersi nel piacere, con un uomo come Donovan. Era bastato un bacio a scatenare in me quella passione.

Sinceramente, non mi aspettavo di provare un desiderio così acuto e travolgente per lui. Era già riuscito a darmi dipendenza.

Ammutolita, rimasi a guardarlo, mentre la mente cominciava a schiarirsi. Era lì davanti a me, in tutta la sua gloria, il petto muscoloso e la scia di peli che scendeva lungo gli addominali scolpiti. Però non avevo ancora finito. Gli afferrai i bottoni della patta e li aprii con impazienza, per avvolgere subito le dita attorno all'erezione pulsante e calda.

Oh, merda. Ma certo, un uomo come Donovan Ryan non poteva certo portare le mutande. La pelle bollente e vellutata prese vita sotto il mio tocco. Era già duro come il marmo. Strinsi dolcemente il membro e Donovan trattenne il fiato, lasciandosi sfuggire un gemito gutturale.

Perfino il suo membro era un capolavoro. Grosso e lungo, riuscivo a malapena a tenerlo in mano. Sollevai lo sguardo, ma fece un passo indietro e mi spostò il polso.

"Non ancora," mormorò, avvolgendo le dita intorno all'asta.

Mi si accese qualcosa dentro e il mio sesso prese a pulsare violentemente davanti a quello spettacolo. Lo volevo. Subito. Dentro di me. Nonostante l'orgasmo travolgente e sconvolgente di pochi attimi prima. Il desiderio si riaccese all'istante, fluendo rapido nelle vene.

"In che senso?"

I suoi occhi color nocciola si chiusero un poco. "Meglio non correre troppo."

Appena prima che potessi replicare, si mise tra le mie ginocchia e abbassò lo sguardo. Troppo presa dalla passione, non mi ero neanche resa conto di essere stata trascinata sull'orlo del bancone. Avevo le gambe a penzoloni e il sesso gonfio, bagnato, implorante.

Donovan si avvicinò e fece scivolare la punta del pene tra le labbra, per poi massaggiare il clitoride. Con tutti i sensi a fuoco, lanciai un urlo.

"Ti prego..." lo implorai, sentendo a malapena la mia voce.

"Non ora," mormorò.

Un altro passo avanti e passò l'asta tra la carne umida, impregnandola dei miei umori. Ero talmente pronta e bagnata che scivolava con facilità.

Il desiderio si fece sempre più pressante e sentivo il bisogno di esplodere di nuovo. Abbassai lo sguardo tra le mie gambe, mentre lui afferrava un capezzolo per tormentarlo. Una gocciolina di eccitazione gli uscì dalla punta e si mescolò ai miei umori. Stavo letteralmente impazzendo.

Agitavo con foga il bacino, mentre lui continuava a strofinarsi contro di me. Finché, finalmente, il piacere non mi travolse di nuovo e cominciai a fremere. Un'ultima passata ed esplose anche lui con un grugnito, riversandosi sul mio ventre mentre mi pizzicava il capezzolo, un dolore così dolce da tenermi ancorata per terra, mentre mi sembrava quasi di fluttuare nell'aria.

Gradualmente, mi ricomposi. Era come se mi stessi risvegliando da un coma di estremo godimento.

Cominciai a sentirmi a disagio e avevo quasi paura di guardarlo negli occhi. Ero una che amava avere tutto sotto controllo, ma con lui non ce la facevo proprio. Riusciva a farmi sentire troppo vulnerabile.

Mi feci coraggio e cercai i suoi occhi. Il suo sguardo mi marchiò a fuoco.

Guardarlo faceva quasi male. Mi sentivo completamente nuda, dentro e fuori, e sentivo il corpo in fiamme. Nei suoi occhi c'era un qualcosa che non riuscivo a decifrare. Aveva acceso qualcosa dentro di me di cui non conoscevo neanche l'esistenza.

Allentò la presa sul mio fianco e indietreggiò, mormorando qualcosa mentre si guardava intorno.

Allungò il braccio e i miei occhi seguirono il movimento degli addominali che si flettevano. Raccolse la sua maglietta da un bancone e ripulì il mio ventre e il membro prima di riabbottonarsi i jeans. Io ero ancora seduta lì, le mutandine scostate di lato e la gonna arrotolata attorno alla vita.

Mi sentivo sporca. Sapevo di avere un lato selvaggio, che però tiravo fuori raramente. Ma soprattutto, in quegli ultimi tre anni ero stata soltanto con Glen.

Mi costrinsi a muovermi e balzai per terra. Gli stivali toccarono il pavimento con un forte tonfo e la gonna tornò al suo posto, mentre sistemavo le mutande. In quel momento avrei voluto soltanto infilarmi a letto con Donovan e farmi avvolgere dalle sue forti braccia. Però non aveva alcun senso.

Calò un silenzio imbarazzante.

Quando sollevai la testa, i suoi occhi trovarono i miei. Mi sentii completamente vulnerabile e indifesa. Mi opposi con tutte le mie forze alla spinta gravitazionale che mi spingeva verso di lui e sfoderai un sorriso raggiante.

"Ora devo andare. Ci si vede," dissi in tutta fretta, girandomi dall'altra parte.

Arrivai alla porta, sentendomi una vera idiota. Misi insieme ogni briciolo di coraggio e mi voltai, le dita che riabbottonavano svelte la camicetta.

Donovan era di fronte a me, la mano poggiata sul bordo del bancone su cui mi aveva fatta assolutamente impazzire. La sua pelle luccicava di sudore. Feci scendere lo sguardo fino alla profonda V di muscoli che scompariva sotto la cintura.

Bastò uno sguardo e rimasi di nuovo senza fiato.

Le guance in fiamme, riportai gli occhi nei suoi. Non avevo la più pallida idea di cosa gli stesse passando per la mente. Aveva lo sguardo imperscrutabile.

Con un bel respiro, gli rivolsi un altro sorriso. "È stato ben oltre le mie aspettative," commentai, nel tono più leggero e seducente che riuscii a mettere insieme. Non poteva saperlo che quelli erano stati i due orgasmi migliori della mia vita.

Da lì non sapevo più come continuare. Quella botta di coraggio che avevo evocato stava già svanendo.

Lo salutai con un gesto della mano e mi voltai di nuovo, chiudendomi la porta alle spalle per correre al piano di sopra. Il ticchettio dei miei stivali risuonava nell'aria, mentre mi fiondavo nella suite. Nella foga, mi resi conto appena in tempo della forza che avevo messo nel chiudere la porta, quindi la fermai giusto in tempo e mi serrai in casa. Non certo perché avessi paura che Donovan potesse entrare senza invito. Al contrario, dovevo impedire a me stessa di uscire a cercarlo.

Perché un altro fuoco mi si era già scatenato dentro.

Ero finalmente riuscita a distrarre la mente, ma mi sembrava di galleggiare in mezzo all'oceano, travolta da onde impetuose di desiderio che mi trascinavano con violenza sott'acqua.

Mi poggiai alla porta, il fiato corto, realizzando soltanto in quel momento di aver lasciato la borsa al piano di sotto.

Merda, merda, merda. Lasciai ricadere la testa contro il legno. *Che idiota.*

Non ero mai stata una codarda, ma proprio non riuscivo a convincermi a scendere di nuovo da Donovan. Mi spinsi via dalla porta e per il momento mi arresi. Sarei andata a recuperarla solo quando Donovan fosse salito al piano di sopra.

Mi sfilai gli stivali e attraversai la stanza per ammirare il panorama dalla finestra. Il B&B di Janet offriva una visuale speciale sulla Main Street, ovvero la zona più bella del centro di Willow Brook. Vetrine ben curate, fiori vivaci, colori allegri e un clima ospitale per accogliere i turisti che affollavano il paese. Dal piano superiore si scorgeva anche il lago di Swan.

Il tramonto tardo illuminava ancora il cielo, le sfumature arancio e violetto che brillavano sulla superficie dell'acqua. Era tardi, ma non mi sentivo affatto stanca.

Ero invece profondamente turbata. Ero tornata a casa con una ferita aperta, lasciata da Levi, e trovando Donovan speravo di potermi perdere completamente in lui e dimenticare tutto il resto.

E ci avevo preso in pieno. Ma non avevo calcolato le conseguenze. In fondo, però, chi se lo sarebbe mai aspettato un simile livello di intimità e di godimento?

Feci un bel respiro profondo, cercando di riprendermi dagli echi del piacere. Il cuore batteva all'impazzata, il corpo fremeva ancora per l'intensità degli orgasmi.

I passi di Donovan rimbombarono sugli scalini di legno. Con la tachicardia, aspettai che si chiudesse la porta alle spalle.

Volevo comunque aspettare almeno qualche minuto, prima di scendere di soppiatto a prendere la borsa. Ma poco dopo si fermò davanti alla mia suite e bussò.

Probabilmente me l'aveva riportata lui, ma ancora non mi sentivo pronta a guardarlo in faccia. Però non potevo ignorarlo. Mi feci forza e, con un respiro profondo, mi avviai ad aprire la porta. Donovan torreggiava su di me, più imponente di quanto ricordassi. In effetti, mi ero appena tolta gli stivali.

Rimasi lì ferma davanti a lui senza sapere cosa dire, con la camicetta mezza sbottonata, la gonna sgualcita e con i calzini ai piedi. Donovan incrociò il mio sguardo, l'ombra di un sorriso sulle labbra. Come sempre, il mio stomaco prese a fare le capriole.

Abbassò lo sguardo per un istante e il suo sorriso si allargò. Chinai la testa e notai che portavo i calzini spaiati, uno rosa accesso con delle stelline, mentre l'altro verde fluo con dei fulmini.

Beh, mi piaceva sbizzarrirmi con le calze. Ritrovai il suo sguardo e feci spallucce, un po' in imbarazzo. "Ho le calze spaiate," dissi, constatando l'ovvio.

"Già," rispose, con quel leggero accento del sud che mi colpì dritto al cuore. Cristo. L'avrei volentieri ascoltato parlare per ore. Poi aggiunse, "Avevi lasciato giù la borsa."

La sollevò e la presi, sfiorandogli la pelle con le dita. Bastò quel minimo contatto a strapparmi un brivido.

Rimasi come incantata dal vortice di colori nei suoi occhi, il verde che si mescolava all'ambra, con riflessi dorati.

"Non abbiamo ancora finito." Carezzandomi la guancia, spostò una ciocca di capelli dietro l'orecchio. "Buonanotte, zuccherino."

Lasciò cadere la mano e si voltò. Io rimasi ferma immobile, come paralizzata, mentre lui entrava nella sua suite e si chiudeva la porta alle spalle.

Oh. Mio. Dio.

Capitolo Dieci

DONOVAN

In lontananza, un fumo denso oscurava il cielo. Fred, il nostro pilota, guardò Levi e parlò al microfono.

"Ci siamo quasi," disse, la voce che sovrastava il ronzio dell'elicottero.

Eravamo diretti nell'Alaska occidentale per una missione, in una zona ai margini dell'interno caratterizzata dalla tundra, con forti venti che sferzavano il terreno arido. In linea d'aria, l'incendio si trovava a circa un'ora di volo da Willow Brook.

Ogni anno la stagione degli incendi si faceva sempre più problematica, soprattutto sul lato occidentale. I primi anni da hotshot li avevo passati nella California settentrionale, un'altra area colpita da incendi devastanti. Era la triste conseguenza delle estati sempre più lunghe, più calde e più secche.

L'Alaska, per lo meno, era meno densamente popolata, quindi il rischio per persone e edifici era nettamente minore. Detto ciò, gli incendi nelle aree più remote perdevano spesso il controllo prima che gli aerei di vedetta potessero avvistarli. Per la missione stavamo atterrando in una zona boschiva, centinaia e centinaia di ettari di natura incontaminata con qualche capanno di caccia e chalet sparsi qua e là. Dovevamo assolutamente arginare le fiamme per evitare che raggiungessero le comunità locali.

Arrivammo pochi minuti dopo all'accampamento principale. La caserma di Willow Brook fungeva da base per due squadre di hotshot e una locale. Io e Levi eravamo i leader di quella capitanata da Cade Masters, che si era diretto sul luogo dell'incendio il giorno precedente.

In totale eravamo in quindici, quindi era stato impossibile arrivare tutti quanti insieme. Intorno all'incendio avevamo costruito una serie di campi per approvvigionarci. Aiutai Fred a scaricare l'equipaggiamento dalla stiva. Incrociò il mio sguardo e mi fece l'occhiolino, con un sorrisetto. Fred era uno dei piloti che trasportava le squadre da una parte all'altra dell'Alaska. Il suo viso segnato dalle intemperie era sempre ben gradito dopo settimane di lavoro massacrante.

Passammo per l'area di sosta, dove una squadra di Fairbanks stava giusto per partire dopo la rotazione. Cade si stava consultando con l'altro caposquadra. Mi girai verso Levi, che indicò con un cenno del capo l'attrezzatura impilata per terra. Radunammo un po' di gente e iniziammo a organizzarci.

Qualche minuto dopo, stavo scolando una bottiglietta d'acqua con l'altra mano poggiata sul fianco e lo sguardo puntato sulle fiamme che danzavano alte nel cielo, devastando la foresta sul loro cammino. Dovevamo dividerci in due gruppi, così da occuparci contemporaneamente di due zone e cominciare a creare fasce tagliafuoco sfruttando la natura a nostro favore.

Non vedevo l'ora di buttarmi nel lavoro per spegnere completamente il cervello. Da quando

Jasmine si era trasferita di fronte a me, la mia pace interiore era evaporata nell'aria. Lei era la fiamma e io la falena che non riusciva a starle lontana. Rischiavo di bruciarmi, ma non poteva fregarmene di meno.

La notte prima avevo dovuto fare appello a ogni briciolo di autocontrollo per non affondare dentro di lei. Eppure, per qualche motivo, sentivo di voler aspettare. Però non facevo che ripensare al suo canale stretto e caldo che pulsava attorno alle mie dita, e alla sua espressione di puro godimento.

Andarle dietro era una follia. Le mie fantasie avrebbero sicuramente fatto gelare il sangue di Levi. Rischiavo di farmi ammazzare. Ma ormai quelle fantasie si erano realizzate e, proprio come avevo detto a Jasmine, non avevamo ancora finito. Volevo molto di più.

Mi ritornò alla mente il rossore che le tingeva le guance quando aveva aperto la porta, i capelli una cascata arruffata sulle spalle. La camicetta ancora mezza sbottonata metteva in bella mostra la dolce curva di un seno.

Continuavo a ripetere a me stesso che non si trattasse altro che di desiderio, desiderio primitivo allo stato puro. Eppure, non riuscivo a dimenticare quella vulnerabilità che le avevo letto negli occhi. Volevo stringerla forte tra le braccia e proteggerla, farle capire che apparteneva a me.

Ma il problema era proprio quello. Quando si trattava di Jasmine, non riuscivo a ragionare lucidamente.

Qualcuno chiamò il mio nome e mi voltai, vedendo Levi che mi faceva cenno di avvicinarmi. Scossi via quei pensieri inopportuni e corsi da lui.

"Siamo pronti?" domandai.

"Sì. Dunque, tu porti metà squadra da quella parte, ok?" rispose, indicando tra gli alberi.

Mi voltai a osservare la zona. Le fiamme non avevano ancora raggiunto la vegetazione, il terreno in pendenza culminava in uno sperone roccioso, oltre il quale doveva esserci un ruscello che avremmo usato a nostro vantaggio.

Levi, invece, avrebbe seguito col resto della squadra un burrone sul lato opposto, per creare un'altra fascia. La squadra di Fairbanks aveva già avviato i lavori, quindi avremmo continuato da dove li avevano lasciati. Erano rimasti sul luogo per due settimane e stavano partendo esausti e spossati. Distavamo qualche chilometro dal cuore dell'incendio, il punto più devastante e fuori controllo.

"D'accordo," risposi.

Levi si passò una mano tra i capelli, con un sospiro. "Speriamo che il vento non ci ostacoli troppo," concluse, voltandosi per andarsene.

Il vento era un nemico naturale, per un pompiere. L'ossigeno non faceva che alimentare un incendio. In qualunque direzione soffiasse, aizzava le fiamme.

La calma che avevamo trovato quel pomeriggio ci avrebbe seguito per qualche giorno, ma poi le previsioni meteo davano temporali. La pioggia ci sarebbe stata molto di aiuto, sempre se non accompagnata da troppo vento.

Dopo giorni, finalmente, Jasmine si prese una pausa dalla mia mente. Radunai i miei uomini e ci facemmo strada nel terreno accidentato, l'attrezzatura in spalla.

Creare fasce tagliafuoco era un lavoro massacrante, che perlomeno aiutava a spegnere completamente il cervello. Jasmine era riuscita a buttar giù alcune delle pietre del muro che avevo costruito attorno al mio cuore. Aveva riportato a galla vecchi ricordi, che avrei preferito lasciare nel passato.

Dopo una giornata di lavoro intenso, quella notte Jasmine fece di nuovo capolino tra i miei pensieri, mentre guardavo il cielo stellato.

Provavo a convincermi che tra di noi ci fosse soltanto una passione ardente e puramente sessuale, che fossi solo attratto dal suo fisico. Però, quei ricordi che aveva fatto riaffiorare raccontavano un'altra storia. Quale storia? Beh, che erano anni che non provavo qualcosa di così reale e sincero per una donna.

Un pomeriggio della seconda settimana di missione, stavo ripulendo alcuni cespugli con la motosega. Eravamo riusciti a realizzare una fascia tagliafuoco larga diverse centinaia di metri che costeggiava la foresta per alcuni chilometri. Stavamo seguendo il corso del ruscello, dove si allargava per poi intersecarsi a un fiume.

"Donovan!" urlò Levi.

Mi voltai e spensi la motosega. La poggiai con cautela al suolo e presi dell'acqua, finendo la bottiglia con un lungo sorso.

"Che c'è?" replicai.

Ci venimmo incontro, trovandoci a metà strada tra i numerosi alberi caduti. Nell'aria risuonavano i colpi fragorosi di asce e il ronzio di diverse motoseghe. Levi aveva l'aria stanca, proprio come me.

Si passò la manica sul volto e poi sfilò i guanti da lavoro, sbattendoli sulla gamba per pulirli. "Cade ha appena chiamato. Dice che domani piove, quindi potremmo partire presto. Dall'altro lato l'incendio è sotto controllo."

Al che annuii, pulendomi la fronte con la manica. Sentivo rivoli di sudore lungo tutta la schiena. "Molto bene. Fra quanto dici che possiamo riposare?"

Levi sfoderò un sorrisetto esausto. "Ah, io sono stanco morto. Direi che per oggi possiamo chiudere qui. Però abbiamo ancora qualche ora di luce, quindi pensavo di andare al fiume. Che ne dici?"

"Mi hai letto nel pensiero."

"Perfetto. Così abbiamo tutto il tempo per cenare e cominciare a muoverci verso l'accampamento principale. Dovremmo riuscire ad arrivare almeno a metà strada," affermò.

Ci fermammo a chiacchierare per qualche minuto e poi cominciammo a far girare tra gli uomini il programma per il resto della serata. Alla fine di una missione, ci spingevamo sempre tutti al limite. Quello del pompiere hotshot era uno dei lavori che richiedeva più sforzo fisico in assoluto. Gli uomini e le donne che intraprendevano quella strada dedicavano anima e corpo in quello che facevano.

Finito di lavorare, ripensai a un evento di qualche anno prima. Ero molto legato alla mia squadra di Willow Brook, amavo lo spirito di squadra, l'onore e la fiducia che condividevamo. Mi fidavo ciecamente di tutti i miei compagni.

In Georgia ero cresciuto insieme a Bill, il mio migliore amico. Avevamo cominciato insieme ad aiutare alla caserma locale, entrambi con lo stesso sogno. Eravamo andati insieme in California per l'addestramento a hotshot e, ai tempi, mi fidavo ciecamente anche di lui, convinto che mi avrebbe sempre e comunque coperto le spalle. Ripensare a lui mi lasciò un sapore amaro in bocca.

Alla fine, quella fiducia l'aveva calpestata.

Avevamo frequentato l'università insieme, come due buoni amici. Neanche sapevo perché avevo deciso di andarci, dato che la mia strada l'avevo già scelta. Ma mi ero sentito comunque in dovere di continuare gli studi. E lì, mi ero innamorato di Katie Sharp. O meglio, avevo sviluppato un'attrazione incredibile per lei. Era tutto ciò che cercavo in una donna: cazzuta, bellissima e intelligente. Non era un pompiere, ma quella vita era comunque per pochi.

Ci eravamo frequentati per tre anni e, dopo la laurea, le avevo chiesto di sposarmi. Ma una volta, tornando a casa nostra, la verità che per qualche motivo avevo sempre cercato di non vedere mi colpì con una forza brutale.

Io e Bill eravamo diventati pompieri e ci eravamo trasferiti in California, dove Katie mi aveva seguito. Dopo l'addestramento ci eravamo ritrovati in due squadre differenti. Dopo una settimana in missione in Arizona, ero tornato a casa un giorno prima del previsto. Non vedevo l'ora di farmi una bella doccia calda e di buttarmi sotto le coperte con Katie. E invece, l'avevo trovata in cucina con il cazzo di Bill in bocca.

Non sapevo neanche cos'era che mi avesse fatto più male. Ero stato tradito dalle persone a me più care. Dopo aver indagato un po', avevo scoperto che il mio migliore amico di sempre e la mia donna avevano continuato a frequentarsi per mesi, alle mie spalle.

Quella era stata l'ultima volta in cui avevo visto Katie. Dopo aver tirato un pugno in faccia a Bill, ci avevo parlato soltanto un'altra volta.

Il bello? Dopo essersi scopato la mia donna per mesi, quel bastardo mi aveva chiamato per provare a *risolvere* la situazione. Sicuramente doveva essersene pentito. Ma a quei tempi non me n'era fregato proprio un cazzo. Un vero amico non mi avrebbe mai pugnalato alle spalle in quel modo. Però, ultimamente, quella rabbia e l'amarezza erano svanite. Bill mi mancava. Cazzo. Mi mancava quell'amico che mi aveva tradito.

Dalla rottura con Katie non avevo più cercato l'amore. Dopo anni di prese in giro perché avevo deciso di sposarmi così giovane, avevo cambiato completamente rotta. E non me n'ero mai pentito. In fondo, non avevo ancora conosciuto una donna con cui avessi voluto portare la relazione fuori dalle lenzuola.

Però poi era arrivata Jasmine. Lei era diversa. Magari perché era sexy da morire, ma ogni volta che la vedevo mi faceva male il cazzo per quanto la desideravo. Riusciva a farmi dimenticare tutta l'amarezza.

Turbato e irritato dalla piega che stavano prendendo i miei pensieri, decisi comunque che per Jasmine valeva la pena riaprire il mio cuore.

Ero piuttosto convinto che in realtà non stesse davvero cercando di conquistarmi. Sapevo che anche lei era appena stata tradita dal suo ex. E sapevo anche che non avrei più voluto vederla soffrire. Mi sentivo in dovere di cancellare qualunque traccia di vulnerabilità dai suoi occhi.

Ore dopo, ero finalmente riuscito a togliermi dalla testa Jasmine. Come? Perché stava per cadermi un albero in testa. Beh, perlomeno era servito a qualcosa.

Nella luce del tramonto infinito, mi stavo godendo la serata insieme ai miei compagni. Nessun falò nel mezzo, ma cibo e risate in abbondanza. Poco dopo mi sdraiai sul terreno, gli occhi puntati verso il cielo. Era passata da tempo la mezzanotte e stava cominciando a fare buio. Le stelle brillavano nel cielo, mentre la luna aveva fatto la sua comparsa.

Con l'odore di fumo nell'aria, mi addormentai pensando di nuovo a Jasmine, immaginando il suo corpo caldo accanto al mio.

Capitolo Undici

JASMINE

Fermai la macchina e mi guardai intorno. La galleria Midnight Sun Arts si trovava sul lungomare di una spiaggia rocciosa, in mezzo ad alcuni negozi. La baia di Kachemak scintillava sotto i raggi del sole, appena oltre. I monti circondavano la baia, il ghiacciaio di un blu ultraterreno che brillava in lontananza. Il vulcano Augustine si ergeva come una sentinella oltre la baia. Scesi dall'auto e la brezza salmastra mi carezzò la pelle. Con un bel respiro profondo, raccolsi il coraggio e mi avviai verso gli scalini del pontile di legno.

Diamond Creek distava qualche ora da Willow Brook, verso sud. Si trattava di un altro paesino turistico che attirava folle di tutti i tipi durante l'estate. Entrai nella galleria e mi guardai intorno. Il soffitto era molto alto, lo spazio bene illuminato e le pareti di un delicato color panna. Opere d'arte puntellavano le pareti, con alcune vetrine qua e là.

Cominciai, con calma, a fare un giro. Ispirai e sospirai profondamente, deliziata. Amavo trovarmi circondata dall'arte.

"Salve," disse una voce, mentre dei passi risuonarono sul parquet. "Posso aiutarla?"

Una ragazza spuntò da dietro una vetrina, i capelli corti e scuri che le coprivano la fronte. Scalati e soffici, erano colorati su un lato da una ciocca rosa e sull'altro da una viola. Di media altezza, abbastanza formosa. Indossava una camicetta in cotone viola sopra una gonna aderente che le arrivava al ginocchio. A completare il look, degli stivali da cowboy e gioielli in argento massicci. Era bellissima.

Quando mi vide, sfoderò un sorriso. "Oh, per caso sei Jasmine?"

"E tu Risa?" le chiesi a mia volta, sorridendo.

"Sì, proprio io. È un vero piacere conoscerti," affermò, affrettandosi per porgermi la mano.

Aveva una presa salda e sicura. Fece un passo indietro, il sorriso caloroso e gli occhi luccicanti.

"Sono contenta che sei riuscita a passare, sai. Scusami se ti ho fatta aspettare. Ero al telefono."

Nella sala c'era qualche cliente, quindi si sporse verso di me e abbassò la voce. "Ti dispiace se faccio un giro tra i clienti? Poi possiamo parlare dietro al bancone. Tra poco arriva qualcuno a darmi il cambio."

"Ma certo. Nel frattempo mi faccio un giro."

"Certamente." Mi salutò con la mano per poi allontanarsi.

Risa Thomas era comproprietaria della Midnight Sun Arts di Diamond Creek. Era un'amica del fratello di Amelia, la migliore amica di Lucy. Quinn ormai viveva a Diamond Creek ed erano anni che non ci vedevamo. Aveva qualche anno in più di me, quindi alle superiori non avevamo familiarizzato molto e lo conoscevo a malapena.

Erano un po' di giorni ormai che stavo cercando il coraggio di chiamare Risa, ma mi aveva battuta sul tempo. Avevo infatti ricevuto una mail in cui mi aveva chiesto di fare un salto. Era interessata ad acquistare ceramiche per quella galleria e le altre che gestiva con i suoi partner.

Midnight Sun Arts di Anchorage era la galleria più frequentata dello stato. Da sola, non avrei mai avuto il fegato di contattarli. Nonostante provenissi dalla sfera artistica di San Francisco, in cui però ero entrata dopo aver frequentato alcuni corsi d'arte. In Alaska, invece, non avevo né connessioni né abbastanza fiducia in me stessa e nelle mie capacità artistiche.

Passeggiavo tranquillamente per la galleria, che offriva una splendida selezione di dipinti, fotografie, ceramiche, gioielli, sculture in legno e molto altro. I prezzi erano più alti di quanto mi aspettassi, data la zona, ma in realtà il mercato d'arte locale lo conoscevo molto poco.

Avevo inviato a Risa un link al mio sito web, in cui avrebbe trovato fotografie delle ceramiche che avevo venduto lavorando a San Francisco, perché si facesse un'idea. Ma ero terribilmente nervosa e odiavo sentirmi così. Quando ormai stavo per perdere le speranze, circondata da opere troppo raffinate se paragonate alle mie, voltai l'angolo e trovai un'eccentrica collezione di mobili dai colori più svariati. Ecco, lì mi sentivo già più nel mio elemento. Le mie ceramiche vertevano più su quello stile vivace.

Risa mi raggiunse dietro l'angolo. "Oh, eccoti qui!" Mi voltai e trovai il suo sorriso affettuoso. "Vieni, ora possiamo andare. Sono arrivati a coprirmi."

La seguii attraverso le vetrine, per arrivare sul retro. Si fermò a salutare una certa Kayla, che mi presentò prima di condurmi dietro al bancone e poi in un corridoio oltre una porta. Entrammo nel suo piccolo ufficio e la finestra attirò subito la mia attenzione, una cornice sullo spettacolare panorama della baia.

La galleria si trovava lungo la costa del porto Otter Cove. Risa era proprio fortunata, poteva passare le sue giornate immersa nell'arte artificiale e in quella naturale. La baia di Kachemak si estendeva di fronte a noi. Uno stormo di gabbiani si buttò in picchiata sull'acqua, gridando a pieni polmoni.

"Accomodati pure," disse Risa, indicando un tavolino rotondo. "Ti va un caffè?"

"Volentieri."

Andò sul retro della stanza e riempì due tazze. In sottofondo sentivo il ronzio di un qualche strumento che però non riconobbi. Tornando al tavolo, bevve un sorso e distese le gambe. Poi si spostò i capelli dalla fronte e mi guardò, inclinando la testa di lato.

"Dunque, come ti ho già scritto, ho visto i tuoi lavori sul sito. Mi piacerebbe tanto proporli nelle nostre gallerie. Abbiamo altre sedi ad Anchorage, Juneau e Fairbanks. Diciamo che gli affari vanno alla grande. Mi prenderai per matta, ma ti anticipo che secondo me avremo bisogno di ricevere le tue opere ogni due settimane, perché ogni galleria sia sempre ben rifornita. Però non so se hai già trovato uno studio in cui lavorare, dato che sei appena tornata in Alaska da San Francisco."

Nel vortice del ciclone che si era abbattuto sulla mia vita, ci misi un attimo a processare ciò che aveva appena detto. Se avevo capito bene, mi stava praticamente offrendo un lavoro a tempo pieno, acquistando le mie ceramiche. Sarebbe stato più che sufficiente a tenermi a galla.

Notando il mio stupore, si fece una risata. "Te l'ho detto, qui le vendite non si fermano mai. Non è come nelle grandi città. Cioè, certo, immagino che a San

Francisco si vendano molte più opere d'arte. Ma i turisti adorano spendere soldi per vantarsi di aver fatto acquisti qui. Preferiscono gli artisti locali e la clientela è completamente diversa. Tu sei nata e cresciuta in Alaska. I tuoi lavori sono bellissimi, vivaci e funzionali. Fidati, riuscirei a venderli a occhi chiusi."

Incrociai gli occhi affettuosi di Risa e mi ritrovai ad annuire. Non potevo credere alle mie orecchie e, sinceramente, temevo che l'idea non avrebbe avuto successo. Lei sembrava piuttosto convinta, ma d'altra parte non me ne andava mai bene una. Però non era certo una proposta che avrei potuto rifiutare. Era proprio quello che sognavo. Ancora non avevo uno studio, ma l'avrei trovato a qualsiasi costo.

Al mio cenno di approvazione, batté le mani. "Perfetto. Abbiamo proprio bisogno di altre ceramiche. I clienti le amano perché sono meravigliose e funzionali. Hai presente quei mobili che stavi guardando prima?" Annuii e continuò, "Beh, li vendiamo come il pane. Sono bizzarri e originali, funzionali tanto quanto le ceramiche. Quando ho dato un'occhiata al tuo sito mi sono venuti in mente proprio quelli. Nonostante siano due cose completamente diverse, trovo condividano quella stessa stravaganza."

"Ho pensato la stessa cosa," aggiunsi, un sorriso che mi incurvava le labbra. Una bolla di gioia mi esplose dentro. Dopo quel mese così disastroso, mi sentivo come rinata. Finalmente un qualcosa di positivo, un qualcosa a cui potessi aggrapparmi con tutte le mie forze.

"Dai, vieni," disse Risa. "Ti porto al piano di sopra e ti presento Jessa. È lei la mente dietro a quei mobili. Vive qui a Diamond Creek e le affitto uno spazio per lavorare. Ci sono altre due stanze, ma le sto facendo ristrutturare. Qui siamo soltanto noi due, ma l'artista è solo lei. A me piace dipingere, ma diciamo che non ho grandi doti artistiche. Creo giusto striscioni e cartelli per le gallerie, tutto qui."

La seguii fuori dall'ufficio, arrivando al corridoio del piano di sopra. Il ronzio che avevo sentito prima si fece più distinto, quindi doveva trattarsi di qualche strumento per i lavori di ristrutturazione.

Risa mi mostrò rapidamente il suo atelier, dove un tavolo da lavoro era ricoperto di vernici e poster. Aprì un'altra porta, ma Jessa non c'era. Mi guardai intorno e mi si strinse il cuore. Il telo che proteggeva il pavimento era un caleidoscopio di colori, con sopra diversi mobili da completare.

"Beh, magari la prossima volta sarai più fortunata," commentò Risa, voltandosi.

In quel momento, il ronzio si fermò e ci avvicinammo a una porta in fondo al corridoio.

Come la aprì, una nuvola di polvere di cartongesso volò fuori, colpendomi il volto.

"Oh!"

A uno starnuto ne seguì un altro, poi un altro e un altro ancora. Provai a respirare, ma nel giro di qualche secondo ebbi un attacco d'asma.

Risa si rese subito conto della situazione e richiuse la porta, scusandosi all'infinito mentre mi trascinava praticamente al piano di sotto, dato che io non riuscivo quasi a respirare. Arrivate nel suo ufficio, mi chiese se avessi un inalatore. Cominciai a frugare senza successo nella borsa, quindi me la prese di mano e lo trovò subito.

Qualche minuto dopo, mi ero finalmente calmata.

"Scusami, avevo la testa da un'altra parte. Dovevo aspettarmelo, con tutta quella polvere," le dissi.

"Ma figurati se ti devi scusare. Sono io l'idiota che

ha aperto la porta mentre stavano rasando il cartongesso.”

“Mica lo sapevi che soffro d’asma,” replicai, facendo un bel respiro. Non c’era sensazione più bella di poter respirare di nuovo dopo aver praticamente rischiato di soffocare.

“Te ne serve ancora?” mi chiese, indicando l’inalatore che stringevo in pugno.

Dopo un altro spruzzo, i polmoni si ripulirono completamente. Mi poggiai allo schienale, con un sospiro. “L’asma è proprio una scocciatura.”

“E come fai quando lavori?”

“Beh, nella ceramica non c’è molta polvere ed è comunque un problema risolvibile facilmente. Nel mio studio di San Francisco avevo fatto installare un depuratore d’aria. Farò lo stesso anche a Willow Brook, di sicuro.”

A quel commento, la mia mente ritornò a quando avevo incontrato Donovan che lavorava a torso nudo al B&B. Era bastato un nulla a farmi pensare a lui, ma scossi la testa per tornare alla realtà.

Qualcuno bussò alla porta e Risa rispose, “Avanti.”

Un poliziotto entrò nell’ufficio e Risa sorrise raggiante. Senza perdere tempo, si alzò e andò al suo fianco, quindi si scambiarono un bacio fugace sulle labbra.

“Sono stato mandato in zona e prima di tornare alla stazione ne ho approfittato per fare un salto,” disse lui.

Risa lo prese a braccetto e mi guardò. “Ti presento mio marito, Darren. Amore, lei è Jasmine Phillips. Ci ha messe in contatto la sorella di Quinn. La sto costringendo a creare ceramiche solo per me.”

Darren mi rivolse un sorriso. “Molto piacere. Stai

attenta, altrimenti ti farà lavorare senza sosta. L'altra sera non ha parlato d'altro."

Risa gli diede una gomitata. "Ehi, adoro le novità, che ci posso fare?" replicò lei, con un sorrisetto timido.

Stavano proprio bene insieme. Lei era bellissima, ma anche Darren era un uomo particolarmente attraente, con i capelli e gli occhi scuri.

"Ora devo andare, amore," disse lui. "Non posso trattenermi più di così."

Si voltarono verso la porta e Darren le stampò un bacio sulla curva del collo, un gesto innocente che faceva traspirare una forte intimità. Mi sentivo di troppo. Il loro amore era visibile a occhio nudo. Mi si strinse il cuore, pensando alla mia relazione fallita. Avrei tanto voluto trovare anche io un qualcosa di così speciale. Distolsi lo sguardo e mi alzai in piedi per andare alla finestra.

"Non trovi sia una vista pazzesca?" chiese Risa, alle mie spalle.

Mi voltai con un sorriso, distogliendo la mente dalla mia vita complicata. Quel maledetto attacco d'asma mi aveva ricordato quanto fosse avvolta nell'incertezza. "Eh, già. I miei genitori mi portavano spesso qui durante l'estate. È un posto splendido. Beh, comunque è ora che vada. Non voglio fare troppo tardi."

"Allora mi chiami quando ti metti in pista, sì? Così possiamo organizzare tutti i dettagli."

Ancora non mi pareva vero che volesse vendere le mie ceramiche. "Ne sei proprio sicura?" le domandai.

"Ma certo che sì! Sentiamoci quando hai qualche scorta in magazzino, poi decidiamo un po' i numeri e le aspettative settimanali. Per comodità, puoi contattare i miei partner che sono lì ad Anchorage. Io non credo di riuscire a venire ancora per qualche mese, è per questo che ti ho chiesto di passare. Grazie mille per esserti presa la briga," affermò, con un altro sorriso affettuoso.

La tensione che mi stava stringendo lo stomaco si allentò un poco. "Sono proprio contenta di essere venuta. E, sinceramente, non mi aspettavo tutto questo entusiasmo. Mi piacciono i miei lavori, ma..." Non continuai, perché in realtà non sapevo neanche cos'è che volessi dire.

"Non oso neanche immaginare come dev'essere provare a vendere la propria arte in un posto come San Francisco. Abbiamo aperto una galleria a Seattle, dove vado un paio di volte l'anno, e... beh, è tutto un altro mondo. Amo l'arte, ma detesto la pretenziosità di alcune persone."

"Per essere gentili, proprio," dissi con una risata. "Comunque sia, mi farò sentire. Spero di riuscire a organizzarmi nel giro di qualche settimana e trovare uno studio adatto."

"Sicura di poter guidare?" mi chiese, mentre infilavo l'inalatore nella borsa.

"Oh, sto bene, davvero. Ho avuto attacchi d'asma ben peggiori. È stato solo un po' troppo improvviso, tutto qui," risposi, mettendomi la borsa in spalla.

Risa si avvicinò per un abbraccio. "So che diventeremo grandi amiche. Me lo sento. Anche se viviamo lontane, la tua arte ci terrà unite. Per ogni cosa, io sono qui."

Capitolo Dodici

JASMINE

Stavo tornando a casa, un poco destabilizzata. Tra l'opportunità pazzesca che mi stava offrendo Risa e l'attacco d'asma, la mia mente aveva preso a viaggiare.

L'asma mi aveva seguita praticamente per tutta la vita e l'avevo sempre odiato. Da bambina avevo avuto qualche attacco molto serio e pericoloso. Preferivo non pensarci, ma era stato proprio quello a mettere zizzania tra me e Levi, quando eravamo più giovani. Levi aveva quattro anni in più di me, ma eravamo sempre stati molto legati.

Poco dopo esserci trasferiti a Willow Brook, l'avevo seguito in un'escursione della zona. Era un giorno d'estate come un altro e stavamo camminando lungo la sponda opposta del lago di Swan. A un certo punto mi ero resa conto di non aver portato con me l'inalatore. Dato che non eravamo soli, ma con alcuni suoi amici, avevo preferito non dirgli che saremmo dovuti tornare a casa.

È risaputo, i giovani non sempre riescono ad afferrare la gravità di determinate situazioni, pensano di poter sorvolare e ignorare ciò che va loro scomodo.

Quel pomeriggio, però, ebbi un terribile attacco d'asma e Levi mi trasportò tra le braccia al Wildlands, dove i nostri genitori stavano pranzando.

Ricordavo ancora quanta paura avevo avuto. Non mi ero mai sentita tanto terrorizzata in vita mia. Di attacchi d'asma ne avevo avuti altri, in precedenza, ma non mi ero mai ritrovata senza l'inalatore sottomano. Arrivati al ristorante ero diventata già quasi blu e, giustamente, i miei genitori erano entrati nel panico.

Anche prima di allora, Levi era sempre stato un fratello molto protettivo. Non perché mi stesse col fiato sul collo, ma si era sempre preso cura di me. Era un ragazzo alla mano e spiritoso per natura. Ma dopo quell'evento, aveva come succhiato l'anima della mia adolescenza.

Ripensandoci da adulta, probabilmente quel giorno l'avevo terrorizzato a morte. Così come i miei genitori. Io ricordavo ben poco di quel pomeriggio, ma la sensazione di soffocare e la paura che avevo provato non le avrei mai dimenticate.

In quel momento stavo guidando sull'autostrada verso nord, costeggiata dall'oceano e le montagne. Presi una bella boccata d'aria. L'aria era un vero dono, uno di quelli che uno riusciva ad apprezzare soltanto quando i propri polmoni smettevano di funzionare.

Vivevo sempre sulla difensiva. Lottavo duramente per dimostrare agli altri che ero in grado di cavarmela da sola, di badare a me stessa. Era stata proprio quella bolla asfissiante in cui mi avevano rinchiusa i miei genitori e Levi a spingermi lontana da Willow Brook. Eppure, ci ero tornata comunque come un boomerang.

Era stata la vita a farmi fare marcia indietro. Invece di mostrare la mia forza, ero corsa da loro con la coda tra le gambe.

Comunque, in quel momento la mia priorità era di

trovare uno studio per lavorare. Mi serviva spazio a sufficienza per il tornio, il forno, un tavolo da lavoro, una zona adibita alla smaltatura e un posto per le ceramiche. Grazie al cielo i miei genitori avevano conservato in garage il forno e il tornio che avevo usato durante le superiori. Lo studio che avevo preso a San Francisco era già fornito di tutto il necessario. Per quanto non dovessi preoccuparmi di comprare gli strumenti più costosi, non avevo ancora un posto in cui poterli mettere per lavorare. Le opzioni erano due: chiedere un favore a Lucy e Amelia... o rivolgermi a Donovan. Mi pareva assurdo anche solo prendere in considerazione l'idea di chiedere aiuto proprio a lui.

Per qualche motivo, però, mi sembrava la soluzione migliore. Certo, Lucy si era già offerta volontaria, ma in quel caso avrei coinvolto anche mio fratello. Era un vero peccato che non fossimo mai riusciti a superare il passato.

A essere onesta, nel mio cuore lo sapevo che era stato quel pomeriggio in cui mi aveva salvato la vita a far fiorire in me quel desiderio di volare via dalla piccola Willow Brook. Pazzesco come un singolo evento potesse influenzare a tal punto la vita di una persona.

Era nato tutto da un attacco d'asma, una condizione così tanto comune. Eppure, per colpa della mia trascuratezza avevo rischiato di morire. Da quel momento, le dinamiche del rapporto con la mia famiglia erano cambiate come il giorno e la notte. Ormai nessuno tirava più fuori l'argomento, ma io non avevo fatto altro che provare a rimediare a quel mio errore, cercando in tutti i modi di dimostrare di essere diventata una persona diversa. Invece, come una sciocca, avevo quasi sposato uno stronzo che mi tradiva alle mie spalle, per poi perdere il lavoro a causa del mio caratteraccio.

Ed eccomi di nuovo in Alaska, lì dove apparteneva il mio cuore. Era stato proprio difficile costringermi a stare alla larga da un posto che amavo così tanto.

Ma volevo dimostrare che ce l'avrei fatta da sola, perché odiavo dipendere dagli altri.

Il panorama mozzafiato sfrecciava tutto intorno a me. La Sterling Highway si snodava lungo la costa, offrendo una vista pazzesca sulla baia di Cook. Le montagne, invece, torreggiavano dal lato opposto. Perfino in piena estate, neve candida ammantava le cime più alte. Un ghiacciaio blu acceso brillava sotto i raggi del sole. Era tardo pomeriggio, ma mancavano comunque ore al tramonto.

Diverso tempo dopo presi la Seward Highway, l'autostrada che portava ad Anchorage e dalla quale avrei dovuto deviare per raggiungere Willow Brook, verso est. La strada attraversava i monti Chugach. Mi lasciai l'oceano alle spalle, circondata da dense foreste di alberi. Per poco non scoppiai in lacrime davanti alla meraviglia del panorama.

Oltre il passo montano viaggiai sulla baia di Turnagain, un tratto di autostrada che abbracciava i piedi delle montagne che baciavano le acque della baia di Cook. Da bambina quei monti mi erano sempre parsi tanto vicini da poterli toccare.

Trovai un po' di traffico qualche chilometro dopo, le macchine che stavano rallentando per ammirare i beluga che spuntavano dalle acque. Un corvo mi volò accanto, lanciando un grido nell'aria.

Dopo ore di viaggio, svoltai verso Willow Brook. Entrai in paese con una nuova determinazione nel cuore. Dovevo trovare il modo di parlare con Levi di quello che era successo anni prima, nel tentativo di chiarire le cose una volta per tutte.

La mia non era una storia tragica o emozionante da raccontare. No, ero quasi morta per un attacco d'asma, solo perché avevo dimenticato l'inalatore e non ero voluta tornare a casa a prenderlo.

Parcheggiai al B&B di Janet, il cuore ferito e vulnerabile. Dopo una giornata tanto proficua e positiva con Risa, aveva finito con il riaprire vecchie ferite. La sua offerta era davvero tutto ciò che potessi desiderare, ma la sua convinzione che tutto sarebbe andato per il meglio aveva toccato un nervo scoperto. E se invece non fosse stato così?

Scossi via quei pensieri e aspettai un attimo prima di scendere. Erano passate ormai due settimane dall'ultima volta che io e Donovan ci eravamo visti.

Quando notai il suo pick-up parcheggiato venni attraversata da una scossa elettrica. Non sapevo se fosse peggio vederlo o non vederlo affatto. Ripensare a quell'ultimo nostro incontro, così intimo e spontaneo, mi faceva sempre arrossire violentemente.

Feci un bel respiro profondo e provai a convincermi che tanto non l'avrei visto. Entrai nel B&B, quasi sperando di trovarlo di nuovo a lavorare mezzo nudo. E così ogni volta che tornavo a casa. Mi ero vergognata di chiedere in giro quando sarebbe tornato dalla missione. Facendo parte della squadra di Levi avrei benissimo potuto parlarne con Lucy, ma i miei sentimenti così contorti per Donovan mi avevano fermata. Esatto, ero proprio ridicola.

Al piano di sotto c'era un silenzio quasi assordante. L'unica luce accesa era quella del corridoio. Con il cuore e la mente in subbuglio, mi avviai al piano di sopra.

Dopo l'ultimo gradino, per poco non mi venne un

infarto quando vidi Donovan in fondo al corridoio, che armeggiava con la finestra a petto nudo. Non mi aveva sentita arrivare, quindi ne approfittai per ammirare quella sua schiena meravigliosa. Prima di conoscere Donovan, mai avrei ritenuto possibile che la schiena di un uomo avrebbe potuto farmi eccitare così tanto. Ma, proprio come la prima volta, vedere tutta quella pelle esposta mi stava risvegliando un fuoco ardente dentro.

Aveva un braccio sollevato, i muscoli della spalla contratti mentre spingeva con forza la finestra.

"Ma porca troia," mormorò. "Apriti!"

La domanda mi sfuggì istintivamente. "Ti serve una mano?"

Donovan si fermò di colpo. L'aria si caricò di elettricità ancora prima che si voltasse. Abbassò il braccio e si girò, molto lentamente. Mi si seccò subito la gola. Il suo petto era una vera opera d'arte, tutto muscoli e virilità. Sentivo il bisogno viscerale di toccarlo, di carezzarlo.

Incrociai il suo sguardo e riuscii a reggerlo, sentendo però le guance in fiamme. Ero tutta un fuoco, dentro e fuori.

Si fermò a studiarmi il volto, gli occhi calcolatori. Era come se riuscisse a scavarmi l'anima e a farmi sentire ancora più vulnerabile.

Aveva l'aria stanca, quasi esausta.

"Sei appena tornato?" gli chiesi.

"Sì, un'oretta fa."

Me ne stavo lì immobile, mentre un desiderio liquido mi schizzava nelle vene.

"Comunque sì, grazie," aggiunse dopo una pausa.

All'inizio non capii, avendo dimenticato la mia stessa domanda.

"Oh! Certo."

Attraversai il corridoio per raggiungerlo, fermandomi un attimo a lasciare la borsa in casa. Nel frattempo, sentivo il suo sguardo ardente che seguiva ogni mia mossa. Indossavo i miei stivali da cowboy preferiti. Li mettevo così spesso che ormai erano diventati una parte di me. La pelle morbida e consumata mi abbracciava i polpacci e mi calzavano alla perfezione. Ci avevo abbinato una gonnellina arricciata che arrivava al ginocchio e una camicia sopra una canotta in seta blu.

Mi ero vestita senza preoccuparmi molto dell'opinione altrui, ma quando Donovan mi squadrò dalla testa ai piedi mi prese un forte imbarazzo. Sentivo i capezzoli inturgidirsi sotto il tessuto leggero, così duri da far male.

Era come se stessero urlando disperati il suo nome, implorandolo di dedicar loro le sue più care attenzioni. Un calore languido mi pervase il basso ventre. Sentivo il bisogno di stargli lontano e sapevo che avrei dovuto rifiutargli il mio aiuto.

Ma ormai non riuscivo più a pensare lucidamente, col desiderio che mi aveva travolta tutta. Feroce e autoritario, mi spinse ad andare avanti. Quando lo raggiunsi mi attraversò un fremito.

"Stai provando ad aprire la finestra?" gli chiesi, scioccamente.

Ma certo che sta provando ad aprirla. Idiota.

Quella vocina fastidiosa trovava sempre il momento giusto per criticarmi.

La ignorai e feci un bel respiro profondo per calmarmi e riprendere il controllo del mio corpo. Dovevo soltanto aiutare un vicino cordiale ad aprire una finestra. Tutto lì.

L'ombra di un sorriso gli inarcò la bocca, scatenandomi uno stormo di farfalle nello stomaco.

"Sì, vorrei aprirla per fare entrare un po' d'aria fresca," rispose. "Se tu spingi qui, io spingo sopra."

Avvolse le dita attorno al telaio della finestra. Cristo santo, pure la sua mano mi faceva eccitare. Ricordavo fin troppo bene cosa mi aveva fatto provare.

Cercai di distogliere la mente perché, insomma, stavamo facendo una cosa semplicissima. Dubitavo fortemente che anche lui si sentisse tanto agitato quanto me.

Con una spinta, riuscimmo finalmente a sbloccare la finestra e una brezza fresca entrò nel corridoio. Il freddo improvviso mi fece venire la pelle d'oca e sentivo i capezzoli sempre più doloranti.

Capitolo Tredici

DONOVAN

Lasciai la mano sul telaio della finestra, stringendo con forza per trattenermi dal toccare le deliziose curve del sedere di Jasmine. Quanta voglia che avevo di gustare i due boccioli turgidi che spingevano contro la seta della sua canotta.

In realtà non avevo davvero bisogno del suo aiuto, ma volevo sentirla più vicina. E in quel momento eravamo neanche a mezzo metro di distanza. L'aria era carica di tensione sessuale, così potente da travolgermi e aumentare il flusso di sangue all'erezione già dolorante.

Ero sfinito, dopo due settimane di lavoro massacrante. Di solito, quando tornavo a casa il sesso era proprio l'ultima delle mie preoccupazioni. Magari andavo a bermi una birra al Wildlands e tornavo a casa dopo cena, per crollare subito a letto.

Ma quella sera, turbato e agitato com'ero, avevo optato per una pizza da asporto. Arrivato a casa, avevo scoperto con estremo disappunto che Jasmine non c'era.

Però finalmente era tornata ed era lì al mio fianco. I capelli le ricadevano in onde sulle spalle. Indossava i soliti stivali da cowboy e una gonnellina adorabile che avrei tanto voluto sollevare per piegarla a novanta e ammirare il suo bel sedere rigoglioso.

Ma a tentarmi ancora di più c'era la canottiera in seta che metteva in risalto le curve del seno, lasciando ben poco all'immaginazione. I capezzoli avevano incominciato a indurirsi quando ancora stava camminando verso di me, quindi speravo proprio che anche lei mi desiderasse quanto io desideravo lei.

Perché, per quanto fosse pura follia, tra noi due non era ancora finita. Anzi, avevamo appena cominciato.

Lasciai dunque andare la finestra e mi voltai a guardarla. Mi aspettavo quasi si sarebbe allontanata, ma non lo fece. Rimase ferma lì, le dita ancora avvolte attorno al telaio. Il battito del cuore le martellava sotto la pelle sottile del collo, invitandomi a leccarne ogni centimetro. Il suo sapore non l'avevo certo dimenticato. Anzi, ricordavo ancora vividamente il nostro ultimo incontro.

Erano state due settimane di lontananza molto lunghe. Se ero riuscito a non pensare troppo a Jasmine lo dovevo soltanto al lavoro massacrante. Dopo giorni stancanti come quelli era assurdo che la desiderassi così tanto.

Eppure, il profumo e il calore del suo corpo mi avevano riacceso un fuoco dentro. Proprio per quello, non aveva più senso continuare a trattenermi con lei. Le fiamme del desiderio avevano bruciato ogni remora.

Mentre l'aria fresca ci carezzava la pelle, sollevai una mano per spostarle i capelli da viso. *Dovevo* toccarla. Infilai una ciocca dietro l'orecchio, facendo scivolare un dito sulla curva del collo. Il mio tocco le mozzò il fiato, tanto delicato da farle venire la pelle d'oca.

Avevo ancora il timore che potesse allontanarsi, ma non lo fece.

"Come stai?" le chiesi.

Incrociai il blu intenso dei suoi occhi, passandole il pollice sul battito frenetico nella gola.

"Tutto bene," sussurrò, la voce roca e ruvida, un suono che sfregava contro il mio desiderio come pietra focaia.

Un attimo dopo, si inumidì le labbra con la lingua e trattenne di nuovo il fiato. "Tu invece? Come va?"

Il suo profumo dolce, con un accenno di fragola, era come una droga che mi stava mandando in tilt il cervello.

"Bene, dai. Sono giusto stanco," risposi, stringendomi nelle spalle.

"Oh, non volevo trattenerti troppo. Comunque immagino, mamma mia. Dopo due settimane in missione..."

Fece un passo indietro e realizzai l'errore che avevo commesso con quel commento.

Oh, no. Non volevo andare a dormire.

Volevo Jasmine. E subito.

Non me ne fregava proprio nulla se con lei non riuscivo più a controllarmi, se era riuscita a superare le mie difese come fumo attraverso una crepa in una finestra. Dovevo comunque farla mia.

Come fece per allontanarsi, io mi avvicinai e le passai un braccio attorno alla vita per palparle il sedere.

"Dove te ne vai?" mormorai, cominciando a tempestarle di baci la morbida curva del collo.

Il gesto improvviso la prese alla sprovvista. "Pensavo fossi stanco."

"E lo sono, ma ti desidero troppo."

Le infilai il ginocchio tra le cosce, riuscendo a strapparle un gemito.

Però mi fermai, riuscendo a far breccia nella nebbia che mi offuscava la mente. Prima di andare avanti, avevo bisogno di avere il suo consenso.

"Se non lo vuoi, nessun problema. Forse..."

Non feci in tempo a dirle che forse avevo frainteso tutto perché scosse la testa e intervenne.

"Lo voglio anche io," replicò, con decisione.

"D'accordo," mormorai.

Le strinsi il sedere per gustare la carne morbida, strofinando il bacino contro il suo. Trattenne il fiato e si morse il labbro carnoso, una visione a dir poco celestiale.

Mi vantavo di essere un uomo che sapeva sempre controllarsi, ma con Jasmine mi sentivo costantemente sul filo del rasoio.

Chinai la testa e catturai in un bacio la sua bocca dolce e sexy da morire. Dal contatto delle nostre labbra si sprigionarono scariche elettriche che mi pervasero dalla testa ai piedi. Il bacio si fece subito più intenso, passionale, selvaggio. Presi a esplorare la sua bocca calda, gustandomi la lingua carezza dopo carezza. Nel frattempo continuavo a strofinare l'erezione contro di lei, dovendomi trattenere dal farla mia lì in quell'istante quando gemette sulle mie labbra. Si stava dimenando come una matta, implorandomi col corpo di darle piacere.

I minuti seguenti furono un vero delirio. Le sue mani, ingorde quanto le mie, mi tracciarono il petto e la schiena, le unghie che solleticavano la pelle. Mi staccai dal bacio e le afferrai la scollatura della canottiera, che tirai sotto il seno per scoprirlo.

Sollevai la testa e ammirai il modo in cui veniva schiacciato da un reggiseno nero in pizzo, i capezzoli due sassolini duri. Incrociai il suo sguardo, offuscato e velato dal desiderio. La strinsi tra le braccia e la sollevai, premendola contro la parete alle sue spalle.

Ci guardammo negli occhi, l'aria carica di desiderio sessuale. Ormai avevo perso completamente la ragione. Sapevo che quel momento non l'avrei mai dimenticato. La volevo con così tanto ardore che nessuno sarebbe più riuscito a fermarmi, tantomeno me stesso. Ma in quella passione folle, la vulnerabilità che le lessi negli occhi mi strinse il cuore, facendomi sentire un cavernicolo.

Feci scivolare la mano sulla morbida curva del ventre, prendendo un seno pesante tra le dita. Strofinai il pollice sul capezzolo e Jasmine socchiuse gli occhi, lasciandosi sfuggire un gemito delicato.

Con lei stavo provando qualcosa di totalmente sconosciuto. Da una parte c'era quel bisogno viscerale di possederla e fotterla con così tanta forza e vigore da trasportare entrambi in un'altra dimensione. Ma dall'altra volevo godermi ogni istante passato con lei, prendere tutto con calma e non fermarmi mai, perché non poteva esserci nulla di più bello.

Passai la lingua sul pizzo, sorridendo sulla pelle quando Jasmine grugnì e inarcò la schiena verso di me. Strofinai l'altro capezzolo con le dita, mentre presi a tormentare quello con le labbra, i denti, la lingua. I suoi versi deliziati erano musica per le mie orecchie. E poi mormorò il mio nome, in un gemito, e non ci vidi più.

Avevo bisogno di lei. E *subito*.

Sollevai con riluttanza la testa e la presi per i fianchi, sollevandola da terra. Mi cinse la vita con le gambe e la gonna si sollevò.

Prese a strofinarsi contro l'erezione e riuscivo a sentire il suo sesso caldo e bagnato che mi invitava.

"Cazzo, Jasmine," mormorai, girandomi dall'altra parte mentre la stringevo a me. Mi stava tempestando il collo di baci, portandomi sempre più al limite della sopportazione. Le fiamme del mio desiderio rischiavano di divampare presto in modo devastante.

Attraversai a passo svelto il corridoio, fermandomi qualche secondo a bisticciare con la porta prima di riuscire ad aprirla. Varcata la soglia, mi fiondai dritto in camera mia. Lasciai Jasmine sul letto e restai ad ammirarla.

Aveva la gonna arricciata sui fianchi che lasciava in bella mostra la seta nera tra le gambe. I capelli tutti spettinati erano sparsi sul materasso, le labbra gonfie per i baci. La barbetta le aveva irritato la delicata pelle del seno, lasciandola arrossata.

Con le guance colorate, gli occhi colmi di desiderio, il seno che soffocava dietro il pizzo e i vestiti tutti stropicciati, era la donna più sexy che avessi mai visto. Si sollevò sui gomiti e mi afferrò la zip dei pantaloni.

"Hai troppi vestiti addosso," mormorò.

"Pure tu."

Si alzò dal letto, calciò via gli stivali e poi si spogliò, restando in intimo.

Col cervello in panne, potevo soltanto stare ad ammirarla. Merda, rischiavo di venire solo guardandola. Agitò una mano per aria e se la posò sul fianco, inclinando la testa di lato.

"Su, forza. Datti una mossa," mi incitò, con un luccichio negli occhi.

Mi sfilai i jeans e presi un preservativo dal comodino. Quando mi voltai di nuovo verso di lei, la trovai completamente nuda. Un'occhiata bastò a lasciarmi senza fiato. Poggiò un ginocchio sul letto e vi salì sopra. Mi fermai alle sue spalle e la fermai per i fianchi, prima che potesse girarsi.

"No, non ancora," mormorai. "Prima devo gustarti. E il tuo culo lo amo da impazzire."

Il suono della sua risatina mi avvolse il cuore in un caldo abbraccio.

Le feci scivolare la mano lungo la spina dorsale, osservando la reazione del suo corpo. Arrivato tra le cosce, sussultò tutta. Era bagnata fradicia, pulsante di desiderio.

Affondai due dita nella carne morbida e la guardai negli occhi, mentre inarcava la schiena verso la mia mano. Mormorò il mio nome quando sfilai le dita per infilarle di nuovo in profondità.

Avevo bisogno di guardarla in faccia. La capovolsi e le divaricai le ginocchia, per affondare il viso tra le cosce. Aveva un sapore dolce e allo stesso tempo salato, a dir poco divino. Cominciai a fotterla con le dita, tormentandola con la bocca. Le sue grida di piacere riempirono l'aria e la sentii irrigidirsi. Succhiai dunque il clitoride tra i denti, guardandola negli occhi per un'ultima spinta.

Gemette il mio nome in un grido strozzato e il suo corpo si tese come una corda di violino, il canale stretto attorno alle mie dita come una morsa. Ormai stavo per smarrire anche l'ultimo briciolo di controllo. Senza perdere altro tempo, mi infilai il preservativo alla velocità della luce e mi posizionai tra le sue gambe.

"Jasmine."

I capelli sparsi sui cuscini, aprì gli occhi color

zaffiro e incrociò i miei. Rimasi fermo alla sua apertura, aspettando la sua reazione.

"Ti prego, Donovan," mormorò.

Così, quell'ultimo briciolo venne spazzato via e scivolai con forza dentro la sua femminilità calda e accogliente.

Capitolo Quattordici

JASMINE

"Jasmine," mormorò Donovan, la voce profonda e roca.

Aprendo a fatica gli occhi, lo guardai. Torreggiava su di me, una mano attorno all'erezione pulsante e l'altra che mi stringeva il fianco.

Fremevo ancora tutta per l'orgasmo travolgente che mi aveva appena dato. Ma non mi bastava, non ero ancora soddisfatta. Volevo sentirlo dentro di me.

"Ti prego, Donovan."

Sì, lo stavo implorando. No, non mi importava. Ormai ero troppo persa in quel delirio. Il cervello spento, percepivo soltanto il desiderio che mi fluiva nelle vene. Il fisico di Donovan era un vero capolavoro, con qualche cicatrice che ornava i muscoli scolpiti. Non era un uomo raffinato. Era un uomo virile, di una mascolinità pura e tanto intensa da avvolgermi tutta con la sua mera esistenza.

Inarcai il bacino verso di lui e finalmente affondò dentro di me. Una sensazione di puro godimento mi riempì, così potente da farmi vedere le stelle. Si spinse fino in fondo, l'asta grossa e dura che mi pulsava dentro.

Rimase fermo per un istante, mentre il mio corpo si adeguava alla presenza. Non volevo prenderla con calma. Avevo bisogno di sesso duro, così intenso da far male. Soltanto così sarei riuscita a placare la mia sete di lui. Aprii gli occhi e mi spinsi verso di lui per cingergli la vita con le gambe, sentendo i glutei sodi sotto i talloni.

Poi cominciò a muoversi adagio, allungandosi sopra di me, muscoli sodi contro le mie curve morbide. Le sue labbra trovarono il mio collo, mentre stavo letteralmente impazzendo con ogni sua spinta, tra urla di piacere e gemiti. Le sue parole sensuali mi portarono di nuovo così vicina a quel tanto delizioso limite che aspettavo di varcare ancora una volta.

Si sollevò un poco e guidò la mano tra le mie gambe per massaggiare il clitoride. Esplosi in un attimo, sentendo il corpo che andava in frantumi con quell'orgasmo ancora più intenso del precedente. Con un'ultima spinta profonda, Donovan tremò e lanciò un grido di piacere, trovando sollievo nel mio sesso pulsante.

Poco dopo, si buttò sul letto e mi tirò sopra di sé. Crollai sui suoi muscoli, sfinita e sazia.

Il suo cuore martellava sotto il mio orecchio, cominciando a calmarsi gradualmente come il mio.

Sollevai poi la testa, reggendo il mento col pugno. Sentendo il mio sguardo su di sé, aprì gli occhi e rimasi incantata da quel vortice di verde e oro. Nonostante fosse ancora dentro di me, nonostante gli orgasmi esplosivi, provai di nuovo un formicolio tra le cosce e venni pervasa da una scarica di elettricità.

Non sapevo cosa dire, ma per fortuna ci pensò lui a spezzare il silenzio. "Ah, che bel rientro a casa," commentò, la voce roca mentre mi carezzava dolcemente la schiena.

Quando un sorrisino gli incurvò le labbra, mi scappò una risatina. Non ero una donna timida nella camera da letto, ma mai prima di allora mi ero sentita così. Non volevo fermarmi a rimuginarci troppo perché sinceramente non sapevo neanche cosa pensare. Con estrema facilità, Donovan si alzò tenendomi tra le braccia. Feci un'altra risatina, il cuore leggero e privo di preoccupazioni.

"Wow, quanto sei forte," mormorai.

La sua risata mi riecheggiò nell'orecchio e un brivido mi pervase.

"Dove andiamo?" domandai.

"In doccia," rispose, senza aggiungere altro.

Con qualche passo raggiunse il bagno annesso alla stanza. Le nostre suite erano identiche. Il bagno praticamente uguale, ma al rovescio rispetto al mio. Mi lasciò andare e si tolse il profilattico, mentre con l'altra mano accese l'acqua della doccia. Poco dopo, ci infilammo sotto il getto fumante, avvolti dal vapore. Nei minuti seguenti, Donovan mi avvolse in un telo asciugamano e tornammo a letto.

Neanche mi venne in mente di andarmene per infilarmi nel mio letto. Mi trovavo troppo, troppo a mio agio nelle sue forti braccia. Mi strinse al suo corpo muscoloso e mi addormentai sulla sua spalla, troppo sazia e rilassata per poter fare qualunque cosa.

Dopo qualche ora, mi svegliai col respiro di Donovan che mi solleticava la pelle e le sue dita magiche che scivolavano nel mio canale già bagnato. Era rannicchiato alle mie spalle, quindi sentivo la pelle calda e vellutata del membro eretto contro il sedere.

Lo sentii aprire un altro preservativo, poi mi sollevò la coscia e cominciò a stuzzicare le labbra umide con la cappella. Affondò i denti nel mio collo e sussultai, lanciando un urlo quando mi penetrò.

Prese a fottermi piano, con calma, creando un ritmo sensuale e intenso. Esplosi poco dopo, travolta da un piacere immenso. A sua volta, lui si irrigidì e mormorò il mio nome, raggiungendo l'apice dentro di me.

Ero intrappolata tra le sue braccia, il mio nuovo posto sicuro. Ero stanca ma eccitata, pervasa da un vortice di sensazioni create da quel legame così intimo e assoluto. Rilassata e soddisfatta, mi riaddormentai nel suo caldo abbraccio.

Mi risvegliai alle luci dell'alba, confusa, quando lo sentii alzarsi dal letto. "Va tutto bene?" gli chiesi.

"C'è un'emergenza," rispose, la voce resa ruvida dal sonno.

La mente limpida, mi sedetti sul letto. "Quindi devi già ripartire?"

Donovan si girò a guardarmi, bellissimo nel bagliore delle prime luci del giorno, che creavano giochi di ombre e luci sul fisico scolpito. Spudoratamente nudo, incrociò il mio sguardo per un secondo, per poi spostarlo sul mio corpo.

Avevo il lenzuolo fino alla vita, i capezzoli turgidi in bella vista. Il suo sguardo ardente lasciò una scia sul seno, che desiderava le sue attenzioni.

"No, questa volta è diverso," rispose, cercando i miei occhi. "Dobbiamo spostarci qui vicino. Hanno bisogno di rinforzi."

Tornò vicino al letto e mi passò le dita tra i capelli. Catturò le mie labbra in un bacio fugace ma intenso, con una carezza possessiva della lingua.

"Vorrei tanto restare qui con te, ma devo andare," affermò, entrando a passo svelto in bagno.

Lo scroscio della doccia riempiva l'aria, mentre io

me ne stavo seduta sul letto con il sesso e i capezzoli doloranti. Ma non era il momento. Mettendo da parte qualsiasi imbarazzo, buttai le gambe fuori dal letto e cercai i vestiti con lo sguardo. Li raccolsi in tutta fretta e corsi fuori, tornando nella mia suite.

Nel giro di qualche minuto mi infilai una maglietta e dei pantaloni da casa, preparai del caffè e tornai da Donovan, senza neanche preoccuparmi di bussare. Proprio come varcai la soglia, lui uscì dalla camera da letto. Non appena vide il thermos che reggevo in mano, un sorriso gli illuminò il viso.

"Tieni," gli dissi, porgendogli il caffè e un pasticcino ai mirtilli. "Non è nulla di che, ma è sempre meglio di niente."

Si avvicinò, infilandosi la maglietta che nascose quel suo petto meraviglioso. Un vero dispiacere. Ma in fondo, vestiti o meno, Donovan rimaneva comunque l'uomo più sexy che avessi mai conosciuto.

"Grazie," disse, bevendo subito un sorso di caffè. "Oh, che buono."

"Beh, non sarà come quello di Janet, ma so comunque il fatto mio. Sempre che ti piaccia senza zucchero, ovviamente."

"Certo," rispose, la voce così profonda da farmi venire la pelle d'oca. "Ora vado."

Si infilò gli scarponi e con l'altra mano prese la giacca. Poi si girò, prendendosi un attimo per guardarmi.

"Stai attento," gli dissi, seguendolo in corridoio.

Si voltò e mi fece l'occhiolino, con un sorrisetto. "Come sempre."

Rimasi ad ascoltare l'eco dei suoi passi che scendevano le scale e tornai a casa soltanto quando si chiuse la porta alle spalle.

Qualche minuto dopo, mentre mi stavo insaponando sotto la doccia, notai un senso di indolenzimento tra le cosce. Come c'era da aspettarselo, Donovan era ben dotato. Era riuscito a farmi godere più di quanto mai avessi fatto in vita mia. Gettai indietro la testa, sotto il getto, turbata da ciò che provavo per lui. Innamorarmi non sarebbe stato affatto saggio. Anzi, sarebbe stato a dir poco folle. In fondo, erano passate giusto poche settimane da quando avevo lasciato San Francisco e il mio fidanzato infedele.

Capitolo Quindici

JASMINE

Quel mattino, andai a fare colazione a casa dei miei genitori. Mia madre, Gloria Phillips, mi raggiunse fuori sul portico, i capelli raccolti in una coda di cavallo e un sorriso che le adornava il volto. Le ciocche bionde si mescolavano all'argento, ma il blu dei suoi occhi affettuosi brillava più splendente che mai. Le rughe l'avevano resa ancora più bella, dandole un fascino intramontabile.

Indossava dei pantaloni ampi in cotone blu reale e una maglietta grigio chiaro. Salito l'ultimo gradino, mi prese tra le braccia e mi diede un bacio sulla guancia, per poi prendermi a braccetto e condurmi in cucina.

"Tuo padre è in giro, quindi è la giornata perfetta per far colazione insieme. Sto preparando delle omelette e il caffè è quasi pronto."

Scivolai su uno sgabello, davanti al bancone. I miei genitori vivevano in una cascina gialla su due piani, con un portico tutto intorno. La cucina era ampia e spaziosa, con il tavolo accanto alle finestre che si aprivano sul prato sul retro.

Alle pareti c'erano tre ripiani, con il piano cottura

in mezzo all'isola. Da dov'ero seduta, potevo guardarla cucinare. Non provai neanche a offrirle il mio aiuto, sapendo che tanto l'avrebbe rifiutato comunque. Proprio come lei, anche io amavo cucinare. Quella cucina era il mio posto preferito in assoluto, perché la mia famiglia ci aveva sempre passato molto tempo. Ovunque ci spostassimo, la cucina rimaneva il cuore pulsante della casa. Mia madre se la stava prendendo con calma, intenta a mescolare le uova, tagliare le verdure e grattugiare il formaggio. Nel frattempo, chiacchieravamo mentre sorseggiavo del caffè.

Alla fine, portai i piatti con le omelette a tavola e mia madre si accomodò di fronte a me. Mi ero svegliata all'alba insieme a Donovan e immaginavo che mio fratello fosse partito insieme a lui, ma decisi di evitare l'argomento.

Mio fratello lavorava giorno dopo giorno con gli incendi, ma se mi fossi lasciata sfuggire qualcosa sapevo che avrei suscitato i sospetti di mia madre.

Dopo qualche morso delizioso, decisi di raccontarle la bella notizia. "Dunque, Amelia mi ha messa in contatto con la direttrice delle gallerie Midnight Sun Arts."

Un sorriso le sfiorò le labbra. "Lo so, me l'ha accennato Lucy. Hai deciso di chiamarla?"

Per una volta, potevo dirle un qualcosa che non sapeva già. "Beh, mi ha già contattata lei, quindi ieri sono scesa a Diamond Creek perché non poteva venire fino ad Anchorage. Comunque sia, quando trovo uno studio per lavorare vuole vendere le mie opere in tutte le sue gallerie. Ne hanno una a Fairbanks, una a Juneau, una ad Anchorage, quella a Diamond Creek e perfino una a Seattle."

"Oh, tesoro! Ma che notizia meravigliosa. Sono felicissima per te!"

L'emozione mi strinse il petto. Avevo lasciato casa per inseguire il mio sogno e finalmente stava prendendo davvero forma. Non pensavo sarei mai riuscita a mantenermi con le mie opere a Willow Brook, ma Risa mi aveva aperto il portone giusto.

"Vero? Anche io!"

Sfoderò un sorriso raggiante e si fermò a bere il caffè. "A proposito, ho parlato con Janet della tua situazione," commentò.

"Mamma! Non ce n'era bisogno, posso occuparmene da sola."

"Lo so che puoi. Ma sono anni che fai sempre tutto da sola. Un po' di aiuto non fa mai male."

"Lo so, lo so. È solo che..." Mi fermai quando mia madre scosse la testa.

"Tesoro, è normale farsi aiutare dagli amici e dalla propria famiglia. Bisogna sempre guardarsi le spalle a vicenda."

Per non continuare a discutere e dato che in realtà avevo bisogno di qualche consiglio per lo studio, bevvi un sorso di caffè e inclinai la testa di lato. "D'accordo, allora di che avete parlato?"

"Le ho giusto detto che se rimani qui a Willow Brook avrai bisogno di un posto in cui lavorare. Non so bene cosa possa servirti, ma dev'esserci abbastanza spazio per il forno, giusto?"

"Esatto. E lei che t'ha detto?"

"Beh, sai che prima il Firehouse era una caserma, sì?"

"Certo che lo so, mamma!" risposi con una risata.

Si strinse nelle spalle. "Beh, sul retro c'è tutta una zona vuota che lei non usa neanche. Praticamente è il secondo garage che usavano un tempo. Dato che lei non se ne fa nulla, puoi usarlo come più ti piace. Sa benissimo che non accetteresti mai senza pagare l'affitto, quindi potrete discuterne insieme," mi disse, con un sorriso compiaciuto.

"Sai, sarebbe proprio perfetto. Allora gliene parlo subito." Sorseggiai il caffè e poi aggiunsi, "Grazie mille."

Mi fece l'occhiolino. "Non voglio opprimerti, lo sai vero? Voglio soltanto semplificarti le cose. Sai che a me e tuo padre farebbe tanto piacere averti qui. Ci manchi molto."

"Lo so, mamma. Mi siete mancati anche voi."

Una cosa che amavo di mia madre era che non si soffermava mai troppo sulle cose. Finita la conversazione, passò subito ad altro. Mi raccontò un po' del lavoro, dei progetti di cui si stava occupando papà e di quanto fosse emozionata per l'arrivo del primo nipotino.

Era *proprio* bello essere a casa. Andare a trovarli era sempre stato come prendere una bella boccata d'aria fresca, ma sapere che non me ne sarei andata rendeva tutto diverso. Sentivo di potermi finalmente rilassare e liberarmi di qualunque ansia.

Dopo mangiato, con un ultimo abbraccio me ne andai, diretta al Firehouse. Con l'offerta di Risa che mi dondolava davanti al naso, era meglio non perdere troppo tempo.

Trovai il locale pieno come sempre, ma Janet non era dietro il bancone. Al suo posto c'era Daniel, che preparava caffè alla velocità della luce. Alla cassa si era radunato un bel gruppo di turisti. Quando mi notò, mi sorrise. "Sei qui per Janet, per caso? O devi ordinare?"

"Beh, tutte e due le cose." Un altro buon caffè non avrebbe fatto male.

Dopo aver pagato, mi porse la tazza e mi invitò a entrare nel laboratorio di pasticceria, dove Janet stava lavorando. La trovai all'enorme tavolo in acciaio inox che stava al centro della stanza. Col grembiule sporco di farina, stava impastando qualcosa.

"Ciao, Janet," salutai, mentre la porta si chiudeva alle mie spalle.

Sollevò lo sguardo e mi sorrise, spostandosi dei capelli dal viso col gomito. "Ma ciao, Jasmine. Che piacere. Accomodati pure," rispose, indicando con un cenno del capo lo sgabello dall'altro lato del tavolo.

Ci scivolai dunque sopra, lasciando la borsa per terra. Passai qualche minuto a osservarla, continuando a sorseggiare il caffè.

"Mia mamma mi stava dicendo che avete parlato di me," dissi poco dopo, stranamente nervosa.

Per me Janet era praticamente una di famiglia. Probabilmente era tutta colpa dell'angoscia che mi serrava lo stomaco, dato che volevo ricominciare a lavorare il prima possibile per non lasciarmi sfuggire quell'occasione unica con Risa.

Se mi fossi trovata di fronte a un vicolo cielo, avrei potuto fare qualche telefonata ad Anchorage e trovare qualcuno con cui condividere uno studio, ma in realtà non conoscevo nessuno e probabilmente ci avrei messo troppo tempo a trovare qualcosa.

Janet mi guardò con un sorriso affettuoso. "Sì, proprio così. Ho uno spazio vuoto che fa proprio al caso tuo. Dan lo usava come garage e ci teneva dentro tutte le sue cose. Dopo la sua morte è rimasto così come l'aveva lasciato, ma qualche anno fa ho deciso finalmente di liberarmi di tutto quanto. Secondo me è perfetto per te, no? Come ho detto a tua madre, puoi farci tutto quello che vuoi. Quando poi metti in tasca qualche soldo ci mettiamo d'accordo sull'affitto, ok?"

Mi si scaldò il cuore e le sorrisi. "Sarebbe proprio perfetto."

Mi sentivo scoppiare di felicità. A San Francisco

avevo tirato avanti con lavoretti occasionali in varie gallerie, sperando un giorno di poter creare ceramiche a tempo pieno. Per qualche motivo, mi ero convinta che a Willow Brook non avrei mai potuto realizzare il mio sogno. Alla fine, però, il destino mi aveva dimostrato l'esatto contrario. Forse sarei davvero riuscita a vivere la vita dei miei sogni lì, a casa.

Janet nel frattempo continuava a impastare, formando una bella palla liscia che lasciò in una ciotola oleata. Si passò le mani sul grembiule e le posò sui fianchi, guardandomi con un sorriso.

"Perfetto," dichiarò, voltandosi a lavarsi le mani. Poi girò la testa e indicò una porta sul retro della cucina, accanto alla cella frigorifera.

"Scusami, ma io devo finire qui. Tu vai pure a dare un'occhiata. Sinceramente, lì dentro puoi farci tutto quello che vuoi. Ti faccio avere le chiavi così puoi accedere dall'esterno. Immagino che preparare tutto quanto sarà piuttosto impegnativo, quindi per ogni cosa non esitare a chiedere."

Mi alzai e andai ad abbracciarla. Mi strinse forte e fece un passo indietro, afferrando un asciugamano. "Siamo proprio contenti di riaverti a casa, tesoro."

Qualcuno urlò il suo nome. "Il dovere mi chiama," disse, allontanandosi. "Dai un'occhiata e fammi sapere cosa può servirti."

La porta basculante sibilò quando la attraversò. Raccolsi la borsa dal pavimento e andai sul retro, reggendo il caffè nell'altra mano.

Ricordavo vagamente di esserci entrata quando suo marito era ancora in vita. Ai tempi c'erano diversi attrezzi e strumenti e Dan aveva sempre un progetto tra le mani. Dopo tutti quegli anni, il garage era diventato uno spazio completamente vuoto. Il pavimento in cemento era dello stesso azzurro di quello nel locale.

Con una risata, mi domandai quand'è che Janet poteva averlo pitturato. Le pareti erano spoglie e c'erano scaffali su ambo i lati. Aveva l'aria di un garage perché, beh, *era* un garage. Il portone era chiuso e accanto c'era una porticina. Le finestre sui lati illuminavano bene l'ambiente. Particelle di polvere fluttuavano nell'aria, riflettendo i raggi del sole.

Camminai un po' intorno, cercando di concepire la disposizione migliore per uno studio di ceramica. Probabilmente avrei messo il forno in un angolo, con un tavolo da lavoro nel mezzo e il tornio nell'altro angolo.

Con un bel respiro profondo, me ne andai chiedendomi a chi è che avrei potuto chiedere aiuto per arredare lo spazio. Lucy si era offerta volontaria, ma sapevo quanto fosse un periodo impegnativo per lei e Amelia. In Alaska le imprese edili potevano lavorare per un periodo molto breve e frenetico. Restavano mio padre e Levi. Non ero una che amava chiedere aiuto, ma l'avrei fatto comunque. Non avevo altra scelta.

Per costringermi a superare quell'ostacolo, presi il telefono e mi sedetti su una panchina fuori dal B&B. Cercai il numero di Risa e le telefonai.

Rispose al terzo squillo. "Pronto?"

"Ciao, Risa. Sono Jasmine."

"Oh, ciao!" rispose, la voce tenera. "Hai qualche novità?"

"Sì, ti chiamo proprio per questo. Ho trovato il posto perfetto per uno studio. Dammi qualche settimana e poi possiamo organizzarci con le tempistiche. Quindi ne sei proprio sicura?"

Si fece una risata. "Ma certo che sì! Ho già parlato con Ethan e Jack, i proprietari delle altre gallerie. Sono entusiasti quanto me. Tu facci sapere quando sei pronta, così organizziamo gli spazi per le tue opere."

Una gioia immensa mi esplose dentro e mi venne da piangere. Era tutto perfetto. Ma la parte peggiore sarebbe arrivata dopo. Speravo davvero che qualcuno avrebbe apprezzato e acquistato le mie ceramiche. Però era ancora troppo presto per pensarci.

Capitolo Sedici

DONOVAN

Mi poggiai contro un albero caduto, sollevando lo sguardo verso il cielo. Era passata una settimana da quella notte passata con Jasmine. Non la vedevo da allora, eppure non facevo che pensare a lei nei momenti di quiete. Quel giorno, dopo aver passato ore a gestire l'emergenza, ero tornato a casa molto tardi.

Il mattino seguente, mi ero svegliato ancora prima dell'alba per una nuova missione nell'Alaska interna. Nel periodo estivo era normale lavorare così tanto.

Eppure, il fatto che non avessi potuto salutarla non mi era ancora andato giù.

Ma tanto cos'è che avresti fatto? Sei stato tu a dire che tra di voi non può esserci nulla, giusto?

Quella vocina continuava a tormentarmi. Maledizione, avrei volentieri cancellato per sempre quella promessa che mi ero fatto.

Però Jasmine era una tentazione troppo forte e stare con lei era meraviglioso. Quel momento di intimità mi aveva come portato in paradiso... un paradiso di fiamme e desiderio.

Erano anni che non pensavo così tanto a una

donna. Non che dopo la rottura avessi condotto una vita da monaco, ma non avevo mai cercato nulla di serio. Perché, in fondo, non avevo mai trovato una donna con cui avessi voluto qualcosa di più. Jasmine invece aveva afferrato sin da subito quei fili con cui avevo rimesso insieme i pezzi del mio cuore, slegandoli così all'improvviso da lasciarmi assolutamente confuso.

Era tardi e ci eravamo ritirati per la notte. L'aria odorava di fumo e le stelle brillavano nel cielo mentre l'oscurità stava avanzando. Ci eravamo allontanati dall'incendio, dopo una giornata massacrante passata a creare fasce tagliafuoco. Finalmente eravamo riusciti a contenere le fiamme, quindi probabilmente saremmo tornati a Willow Brook il giorno seguente. Tutti stanchi morti, non vedevamo l'ora di prenderci una bella pausa.

Per la prima volta, dopo anni, ero ansioso di tornare a casa perché c'era qualcuno ad aspettarmi. Poco dopo mi sdraiai sul sacco a pelo, le braccia dietro la testa per guardare il cielo. Nel giro di qualche minuto mi addormentai, ricordando la faccia di Jasmine stravolta per il piacere immenso di un orgasmo.

Il giorno seguente, stavo ammirando il panorama dal sedile dell'elicottero. Stavamo sorvolando la zona in cui era scoppiato l'incendio, che aveva devastato ettari ed ettari di foreste di abeti rossi. Il paesaggio desolato era puntellato da legna scura e bruciata. Su un lato, invece, vedevo in lontananza la fascia che avevamo creato accanto a un fiume.

Quel mattino era arrivata un'altra squadra di hotshot da Fairbanks per occuparsi delle ultime fiamme rimaste. Sollevai lo sguardo sui monti. Il

Denali, il pezzo forte della catena dell'Alaska e la cima più alta del Nord America, si alzava alto nel cielo in tutto il suo splendore. Il bianco della neve che ne ammantava la punta faceva contrasto con l'azzurro del cielo limpido.

Dovevamo essere a circa una mezz'ora da Willow Brook. Jasmine danzò di nuovo tra i miei pensieri... i suoi capelli soffici e setosi, i muscoli del suo canale caldi e accoglienti, quanto mi facesse sentire davvero *a casa*.

Era ufficiale; ormai ero un caso clinico. Era assolutamente assurdo che un uomo come me potesse sentirsi così attaccato a una donna. Non solo assurdo, ma anche *pericoloso*. Eppure, il mio corpo la desiderava ardentemente e ciò che avevo sempre ritenuto impossibile si stava realizzando davanti ai miei occhi. Con Jasmine non c'era soltanto attrazione fisica, ma molto di più; emozioni che mi turbavano nel profondo.

Levi disse qualcosa e lo guardai. "Come?"

Con il ronzio delle eliche che riecheggiava nella cabina era praticamente impossibile chiacchierare tra di noi.

"Ho detto che è bello poter tornare a casa," ripeté Levi.

Per pura e semplice comodità, avevo confinato il dettaglio che Jasmine fosse sua sorella in un angolino della mia mente. Ma in quell'istante si liberò, colpendomi con violenza. Se avesse scoperto cosa c'era stato tra di noi, mi avrebbe senza dubbio sfasciato la faccia. In ogni caso, decisi di continuare a ignorare quella scomoda verità.

"Già, è sempre bello tornare," replicai. "Poi passi al Wildlands?"

Era il solito ritrovo per la squadra dopo praticamente tutte le missioni, il modo migliore per rilassarsi dopo settimane di duro lavoro.

Levi si strinse nelle spalle. "Credo di sì, sempre che Lucy non mi chieda di restare a casa," rispose, con un sorrisetto.

"Ma certo. Se fossi in te, farei di tutto per non farla arrabbiare."

Levi si fece una risata divertita. "Oh, io ci provo."

In caserma sapevamo tutti che all'inizio Lucy era stata immune alle avances e al fascino di Levi. Però lui non si era lasciato scoraggiare e alla fine la sua insistenza aveva dato i suoi frutti. Erano felicemente sposati e in attesa del loro primo bambino.

Prima di conoscere Jasmine, mettere su famiglia era tra le ultime delle mie priorità. Ma in quel momento me la immaginai col ventre gonfio e rotondo, in dolce attesa, e il mio pene reagì all'istante alla visione. Mi aveva proprio in pugno.

Come se non bastasse, ormai avevo superato le mie remore ed ero determinato a farla mia nonostante fosse la sorella di un amico.

Quella sera sarei andato al Wildlands, dato che a casa non avevo una famiglia ad aspettarmi e poiché non aveva senso stare a campare scuse poco credibili. Sarei comunque tornato abbastanza presto, prima che Jasmine potesse andare a dormire.

Capitolo Diciassette

DONOVAN

Qualche ora dopo, mi poggiai allo schienale della sedia, fermandomi a osservare la sala del Wildlands. I tavoli erano tutti occupati, così come i tavoli da biliardo nell'angolo, mentre una band stava preparando il palco per esibirsi.

Beck Steele scoppiò a ridere di gusto e poi mi diede una gomitata. "Capisci che intendo?" mi chiese.

No, in realtà no, perché non stavo seguendo il discorso. Dal nostro arrivo a Willow Brook non facevo altro che pensare solo ed esclusivamente a Jasmine.

Lo guardai, con un'alzata di spalle. "Mmh, no."

Beck gettò indietro la testa con una risata. "Manco sai che cazzo ho detto, eh?"

Scossi la testa, ridendo. "No, scusa. Avevo la testa da un'altra parte. Puoi ripetere?"

"Ah. Dicevo che tra un incendio qui nell'interno e uno in Arizona io preferirei lavorare qui. Tu che dici?"

"Oh, certamente. Gli incendi in Arizona sono un vero inferno. Almeno qui il clima è un po' più fresco, quindi non ci sciogliamo dentro le tute."

Beck lanciò un'occhiata a Remy Martin. "Visto? Proprio come ho detto io."

Remy alzò gli occhi al cielo e rise divertito. "Guarda che non ti stavo dando contro. Ho solo detto che rimane comunque un lavoraccio." Remy si era appena unito a una delle nostre squadre di Willow Brook e si era ambientato praticamente subito. Era diventato un esperto nello scambio di battute con Beck.

Cade Masters, seduto di fronte a noi, lanciò un'occhiata a Beck e alzò gli occhi al cielo.

"Che c'è?"

"Certo che per te ogni occasione è buona per discutere."

Il telefono di Beck vibrò sul tavolo. "Ehi, amore," rispose, portandoselo all'orecchio.

Ignorando la sua conversazione, Cade mi domandò se quell'estate avessi intenzione di chiedere le ferie. "Mmh, non credo. Preferisco restare in paese tra una missione e l'altra, quindi non mi va di partire in vacanza. E poi sto aiutando Janet al B&B."

"Come procedono i lavori per la casa? Amelia mi ha detto che sono più avanti del previsto."

Avevo affidato i lavori alla *Kick A** Construction*, l'impresa edile di sua moglie e Lucy, perché erano davvero brave nel loro lavoro. Avrei anche potuto occuparmene personalmente, ma durante l'estate non avrei mai trovato il tempo di portare avanti un progetto di tali dimensioni, dovendo viaggiare di continuo.

Incrociai lo sguardo di Cade, annuendo. "Già, procede tutto a gonfie vele. Sono proprio bravissime."

"Ma certo. Amelia è molto più brava di me in fatto di costruzioni," replicò lui con una risata.

"Ah, beh, ci scommetto. Io un pochetto me la cavo, ma sono decisamente più brave anche di me."

Levi si intromise nella conversazione. "Già, ma Lucy è diecimila volte più autoritaria di Amelia. Ve lo garantisco."

Cade rise di nuovo, passandosi una mano tra i riccioli castani. "Bah, sarà. Diciamo che va a giorni. Ma non che mi dispiaccia. E poi tu sei praticamente diventato lo schiavetto di Lucy, quindi potrebbe benissimo dettare la tua vita e tu non batteresti ciglio."

Levi sfoderò un sorrisetto. "Oh, assolutamente. So benissimo che il capo è lei e mi va benissimo così."

Beck terminò la telefonata e si alzò. "Devo andare, ragazzi. Maisie è esausta e Max ha appena vomitato sul divano. Ha bisogno di aiuto, quindi ci si becca, dai."

Ci salutò e se ne andò. Dopo di lui, seguimmo un po' tutti quanti.

Uscito nel parcheggio, mi fermai ad ammirare il lago di Swan. Il pick-up era al B&B, quindi mi toccava tornare a piedi. Il sole stava tramontando all'orizzonte, proiettando il suo riflesso rosa e violetto sulla superficie dell'acqua. Un paio di cigni galleggiavano accanto al porto, nella loro classica posa raffinata. Erano figure quasi eteree, avvolte da un bagliore argenteo.

La mia mente vagò di nuovo verso Bill. Sapevo che il mio vecchio amico avrebbe amato Willow Brook. In Georgia, da giovani, eravamo andati spesso a pescare al lago. Laggiù però era tutto diverso, con estati calde e umide e sciami di zanzare ovunque. Anche in Alaska c'erano quei fastidiosissimi insetti, ma l'aria era più secca e fresca, e la vegetazione meno fitta e folta.

Il tradimento di Bill aveva lasciato una profonda ferita nel mio cuore. In realtà avevo sofferto più per lui che per Katie, dati i nostri trascorsi. Quella vecchia rabbia, negli anni, era diventata giusto un lieve bruciore nel petto. Mi mancava ancora molto, mi mancava la nostra amicizia. Nonostante tutto il dolore, sentivo come se nella mia vita mancasse qualcosa.

Katie, invece, aveva provato a contattarmi dopo la loro rottura, chiedendomi scusa tra le lacrime, inventandosi scuse su scuse. Ma tra di noi ormai era finita. Dopo aver scoperto che aveva passato mesi a tradirmi, era come se per me non esistesse più.

Avevo molti difetti, ma restavo comunque un uomo fedele. Mai mi sarei sognato di tradirla. Di opportunità ne avrei anche avute, ma non mi ero mai lasciato tentare. Non certo perché ero un idiota. Una bella donna l'apprezzavo comunque, ma mi fermavo comunque lì, senza mai neanche fantasticarci sopra.

Non volevo continuare a pensare al passato, perché tanto non avrei potuto cambiarlo. Mi voltai dall'altra parte e presi la Main Street per tornare a casa. In quel periodo, il tramonto pareva una danza lenta, che durava ore. Quel momento tra il giorno e la notte sembrava sospeso nel tempo, quasi magico.

I marciapiedi erano ancora piuttosto trafficati, tra negozi e ristoranti aperti. Il Firehouse brulicava di gente, ma era normale. Due volte alla settimana, Janet organizzava la serata cabaret, quindi perfino i tavolini all'esterno erano tutti occupati.

Tirai dritto, pensando di nuovo a Jasmine. Volevo vederla. Da morire. Non avevo voglia di dar retta alla ragione, non ero proprio dell'umore.

Una settimana dopo la notte più passionale della mia vita, mi sentivo divorato dal desiderio. Magari per lei non era lo stesso, ma arrivato al B&B tirai comunque un sospiro di sollievo quando trovai la sua auto nel parcheggio.

Salii le scale, pensando soltanto a quanto avrei

voluto poterla penetrare di nuovo. Arrivato all'ultimo gradino, puntai subito lo sguardo verso la sua porta.

Ancora non sapevo neanche come definire ciò che c'era tra di noi, ma i miei piedi mi portarono davanti alla sua suite e non provai neanche a opporre resistenza. Sollevai la mano e bussai, con decisione.

I suoi passi riecheggiarono contro le pareti e arrivò ad aprire la porta. Appena le posai gli occhi addosso, ogni fibra del mio corpo si tese.

Un elastico le raccoglieva miseramente i capelli, che le incorniciavano il viso. Indossava una maglietta attillata che abbracciava il seno rigoglioso. Abbassai lo sguardo e vidi i capezzoli inturgidirsi sotto il cotone. Porca troia.

Non indossava il reggiseno, essendo in casa, e portava dei pantaloni semplici che le ricadevano morbidi sui fianchi, lasciando intravedere una strisciolina di pelle.

Sollevai forzatamente lo sguardo e studiai l'arco delle sopracciglia, gli zigomi pronunciati e le labbra carnose che nascondevano un sorriso. Pareva sorpresa di vedermi.

"Oh, Donovan. Non sapevo fossi tornato."

"Siamo arrivati giusto stasera."

Restammo fermi così, a guardarci negli occhi. Mi fermai prima di varcare la soglia.

"Posso entrare?"

"Ma certo, accomodati pure," rispose facendosi da parte, le guance arrossate.

La seguii dentro e mi guardai intorno. La sua suite era esattamente uguale alla mia, con lo stesso open space, i lucernai sul soffitto, la vista sulla Main Street e una piccola cucina funzionale sul retro.

Con la coda dell'occhio vidi un reggiseno rosa abbandonato sullo schienale del divano. Matto com'ero, provai invidia per quel pezzo di seta che aveva sicuramente abbracciato il suo seno rigoglioso per tutta la giornata.

Ormai avevo perso completamente il nume della ragione.

Quando Jasmine chiuse la porta, rimase lì ferma con le dita avvolte attorno alla maniglia. Cominciai a immaginarmela nuda contro quella porta, io dentro di lei a fotterla con forza.

Tanto valeva concretizzare quella folle fantasia.

Mi avvicinai e le spostai i capelli dalla fronte. "Ti dispiace se li sciolgo?" le domandai, avvolgendo le dita attorno all'elastico.

La sua lingua morbida e rosa schizzò fuori, scivolando sul labbro inferiore. Avevo in mente un altro posto su cui poteva passarla. Volevo tutto quanto, tutto insieme: la mia bocca tra le sue cosce, le sue labbra soffici attorno al mio membro, ma anche penetrarla fino ai testicoli. Purtroppo, però, dovevamo procedere per gradi.

"No, non mi dispiace," mormorò lei, strappandomi da quella fantasia.

Senza perdere un secondo, infilai il dito sotto l'elastico e lo sfilai, lasciando che le lunghe onde color ambra le ricadessero sulle spalle.

"Posso baciarti?" le chiesi.

Aveva la pelle arrossata e il fiato corto. Dovevo scoprire al più presto quanto fosse bagnata tra le cosce.

Annuì, sussurrando. "Sì."

Al suo consenso, premetti il mio corpo solido contro le sue curve morbide. Il contrasto era a dir poco delizioso. Io non mi preoccupavo mai del mio corpo, tranne in caso di infortuni abbastanza gravi. Per me non era altro che uno strumento, uno strumento che mi permetteva di fare un lavoro massacrante come il mio. Doveva dunque essere forte e indistruttibile. Dove lei era morbida, io ero l'esatto opposto.

Chinai la testa per gustare la pelle. Posai un bacio appena dietro l'orecchio e la sentii fremere sotto le mie labbra. Poi spostai le mie attenzioni alla gola, salendo lentamente verso la bocca. Cazzo. Era così calda, aveva un sapore divino... un po' dolce e un poco salato.

Sospirò tra le mie labbra quando la baciai, trovando la mia lingua con la sua per una danza sensuale. Mi sentivo come sotto gli effetti di una droga, assuefatto al suo calore e al suo profumo, che mi avvolgeva come un abbraccio.

Era un bacio lento e ardente, e sentivo il suo sesso caldo premuto contro l'erezione.

Mi staccai da lei perché dovevo saperlo. "Sei bagnata?"

Jasmine mi fissò, le pupille dilatate e il blu dei suoi occhi intenso come un mare in tempesta. Annuì lentamente, mordendosi il labbro. "Sì."

"Per me?"

Inarcò il bacino contro il mio, annuendo di nuovo. Lasciò andare la maniglia e portò la mano tra i nostri corpi. La infilò dentro l'elastico dei suoi pantaloni e scese ancora più giù, sfiorando il membro duro e pulsante.

Non la vedevo, ma sapevo comunque che si stava toccando. Quando sfilò le dita, erano lucide dei suoi umori.

"Vedi?" disse, la voce sensuale, con un sorrisetto malizioso.

Chinai la testa e ci avvolsi le labbra attorno, leccando con gusto il suo sapore.

Era la cosa più sexy che avessi mai visto.

Feci un passo indietro e le sfilai con forza i pantaloni e le mutandine. Mi inginocchiai di fronte a lei e sollevai lo sguardo. Il ventre le tremava con ogni respiro irregolare, i suoi occhi trovarono i miei.

"Fallo di nuovo," le ordinai.

Senza bisogno che mi spiegassi, fece scivolare di nuovo la mano tra le cosce. Le allargò appena, mettendo in bella mostra il suo sesso rosa e bagnato che brillava per l'eccitazione.

Ce l'avevo talmente duro che rischiavo di venire nei pantaloni.

Si massaggiò il clitoride, scendendo poi fino alle labbra gonfie e nel canale.

La tentazione di gustarla era troppo forte. Mi avvicinai e carezzai il sesso con la lingua, salendo fino al bocciolo.

"Non fermarti," mormorai.

Mentre lei si dava piacere con le dita, io continuavo a leccarla, inebriato dal suo sapore delizioso.

Le reazioni del suo corpo mi stavano facendo impazzire. Ansimava rumorosamente, spingendo il bacino verso la mia bocca. Un lieve tonfo mi distrasse per un secondo quando gettò indietro la testa, contro la porta. Mormorò poi il mio nome, passandomi l'altra mano tra i capelli.

"Devo sentirti venire," sussurrai, infilando le dita dentro di lei. Sbatté il palmo contro la porta, mentre esploravo il canale caldo ed eccitato. Nel giro di pochi secondi esplose con un grido di piacere, abbandonandosi sulla mia bocca.

Il desiderio di penetrarla cancellò qualunque altra cosa.

Sfilai lentamente le dita e leccai via gli umori. Poi mi alzai in piedi e Jasmine mi abbassò la cerniera, senza aspettare un attimo di più. Sfilò jeans e mutante, poi avvolse le dita attorno all'erezione e cominciò a massaggiare, strappandomi un grugnito deliziato.

"Donovan," mormorò, la voce ruvida e sensuale.

Sollevai la testa e trovai il suo sguardo intenso. Aveva le guance rosse e respirava ancora a fatica. "Sì?"

"Ti voglio. Subito."

Le passai una mano sotto il ginocchio e sollevai la gamba, afferrando il membro con l'altra per stuzzicare la sua dolce femminilità.

Troppo accecato dal desiderio, stavo per penetrarla senza preservativo. Restai come paralizzato realizzando che non ne avevo uno dietro. Non che me ne facessi molto, durante le missioni. E non era mia consuetudine tornare a casa e scoparmi qualcuno ancora prima di varcare la soglia.

Jasmine mi aveva fatto letteralmente impazzire.

"Merda," mormorai. "Devo..."

Un grugnito mi smorzò le parole in gola quando lei cominciò a strofinarsi sull'erezione, calda e bagnata.

"Che c'è?" domandò.

"Il preservativo."

"Prendo la pillola," replicò. "E sono pulita. Giuro. Ma se c'è qualche problema dimmelo subito."

Jasmine riusciva a rendere sexy perfino la conversazione meno sexy che potesse esserci. Ogni parola che usciva dalle sue labbra rosa e gonfie era come musica per le mie orecchie.

"Io sono a posto. Non scopo senza preservativo da anni. E sono pulito. Ne sei sicura? La decisione spetta soltanto a te." In qualche modo, ero riuscito a mettere insieme più di una frase di senso compiuto.

Al che Jasmine annuì, stringendomi la vita con la gamba. Mettendole una mano sotto la natica, la spinsi contro la porta e la sollevai. Senza perdere un secondo di più, lo posai davanti all'apertura e scivolai completamente dentro di lei. Gettò la testa all'indietro e lanciò un intenso urlo di piacere.

Era così calda, bagnata, accogliente. Mi sentivo a casa, come in paradiso.

Rimasi fermo dentro di lei, i muscoli stretti attorno all'erezione come una morsa. La strinsi per i fianchi e la aiutai a mettersi comoda. Cominciò a muoversi, implorandomi di continuare. Mi ritrassi e affondai subito dentro di lei, trovando presto un ritmo sensuale e passionale. Era troppo, troppo bello, e sapevo sarei durato molto poco. Mi sentivo come avvolto da un incendio devastante, perso nel suo profumo, nel puro godimento. Con ogni spinta, la sentivo pulsare e stringersi attorno a me.

Capitolo Diciotto

JASMINE

Ero circondata dalla forza di Donovan, intrappolata tra il suo corpo muscoloso e la porta di legno. Come pesassi nulla, mi fotteva con vigore e intensità, provocandomi spasmi di piacere continui.

La sensazione di pienezza era assolutamente deliziosa e mi sentivo come drogata, la ragione soffocata dal desiderio. Con ogni spinta colpiva esattamente il punto giusto. Colpo dopo colpo, la pressione sul clitoride mi faceva vedere le stelle, l'orgasmo così vicino.

Affondò le dita nella carne dei fianchi e mormorai il suo nome, la voce una supplica, mentre mi dimenavo come una folle per raggiungere di nuovo l'apice.

"Guardami," mormorò, il tono autoritario a cui non avrei mai saputo resistere.

Aprii le palpebre e trovai il suo sguardo ardente. Il cuore mi martellava violentemente nel petto. La bolla di intimità che ci circondava era tanto travolgente da lasciarmi senza fiato. Nel frattempo, i movimenti ritmici dei suoi fianchi mi stavano portando sempre più in alto.

"Cazzo, che sexy," mormorò. "Voglio vederti venire di nuovo, zuccherino."

Bastò quasi la sua voce a spingermi nell'abisso. Un'ultima spinta ed esplosi, travolta da un'onda impetuosa di puro piacere.

Mi strinse più forte e poi gridò il mio nome, un urlo selvaggio che rimbombò nella stanza. Si riversò dentro di me e un fremito mi pervase.

Poggiò la fronte alla mia e ci fermammo a riprendere fiato.

Un attimo dopo, mi prese in braccio e si girò.

"Doccia," mormorò piano.

Non era né una domanda né un'affermazione. Annuii comunque e lui si voltò, diretto verso il bagno. Dato che la sua suite era uguale alla mia, non aveva bisogno di indicazioni. Mi lasciò andare soltanto sotto il getto caldo della doccia.

Spezzò la nostra unione e mi poggiò sulle mattonelle. Era un momento molto intimo, i nostri corpi nudi immersi nel piacevole vapore... Sembrava quasi fossimo le uniche persone su tutta la faccia della Terra.

Era stato lontano soltanto una settimana, ma quando l'avevo visto fuori dalla porta ero stata travolta da un immenso sollievo. Non pensavo che una malinconia simile potesse essere possibile.

Rimasi ad ammirarlo mentre si insaponava. Quell'uomo era stato scolpito nella pietra, aveva il fisico statuario. Mi spostai dal getto per lasciargli il posto e notai alcune cicatrici sulla schiena, un'altra lunga e irregolare dietro al bicipite.

Senza quasi rendermene conto, sollevai la mano e ci feci scivolare sopra le dita.

Donovan si voltò, incrociando il mio sguardo. "Mi sono tagliato sul lavoro. Mi è caduta addosso una trave durante un salvataggio," mi spiegò, anticipando la mia domanda.

Lo guardai, sentendo il cuore che martellava contro la cassa toracica. "Oh."

Mi guardò in silenzio, poi si strinse nelle spalle. "Nulla di che."

Gli rivolsi un sorriso, ignorando la morsa che mi serrava il cuore. Uscii dalla doccia e gli porsi un asciugamano, chiedendomi cos'è che mi avesse colpito così tanto di lui.

Ero stata tradita dal mio promesso sposo giusto poco tempo prima, quindi com'è che l'avevo già superata? Un po' bruciava ancora, ma Glen non mi mancava affatto. E la diceva lunga.

Glen non mi aveva mai guardata con occhi pieni di ardore come quelli di Donovan. Quella fatidica sera al bar, il suo sguardo infuocato mi aveva praticamente rapita. Nessuno era mai riuscito a farmi sentire così *donna*.

Ci rivestimmo e uscimmo dalla camera da letto, arrivando nell'open space.

"Hai cenato?" gli chiesi, senza riuscire a trattenermi.

A piedi nudi, si voltò a guardarmi e rimasi senza fiato. Con i capelli bagnati e la pelle lucida dopo la doccia era un vero spettacolo. Portava dei jeans usurati e una maglietta nera che volevo già strappargli di dosso.

Amavo sentirmi completamente avvolta dalla sua forza, dal suo vigore. Tra le sue braccia mi sentivo in pace.

"Ho mangiucchiato qualcosa al Wildlands, ma mi è già tornata la fame," rispose con voce profonda, guardandomi negli occhi.

"Che ne dici se preparo qualcosa?"

Restammo fermi a fissarci e l'aria si caricò improvvisamente di tensione.

"Molto volentieri," rispose.

Mi si strinse il cuore e non riuscii a trattenere un sorriso raggiante. "Perfetto. Amo cucinare."

Anche la mia cucina, come la sua, era dotata di un bancone contro la parete, un piccolo frigorifero, un forno e un piano cottura. Sul lato opposto c'era un'isola.

"Vedo un po' cosa riesco a mettere insieme," dissi, indicando il frigorifero. "Ho pure della birra."

Donovan sorrise. "A me va bene qualunque cosa, non sono schizzinoso."

"Beh, ti sorprenderò. L'altro giorno ero a Diamond Creek e ho preso dell'ottima birra al birrificio."

Si sedette su uno sgabello e gli porsi una bottiglia. Poi cominciai a frugare un po' in frigorifero, cercando qualcosa di appropriato. "Ti vanno le lasagne?"

"Però ci mettono un po', no? Non c'è bisogno di preparare qualcosa di speciale."

Il basso rombo della sua voce mi fece venire i brividi.

Santo cielo, ero rovinata. Quell'uomo mi aveva appena regalato due orgasmi da sogno, ma ero già pronta a saltargli di nuovo addosso.

Raddrizzai la schiena e mi voltai. "Ma no, non ci vuole niente. Ho tutto quanto, quindi mi basta mettere insieme gli ingredienti e buttare la teglia in forno. Neanche un'ora e mangiamo, vedrai."

Il suono della sua risata riempì l'aria, melodioso. "A me piacciono da morire, quindi se ti va di prepararle fai pure." Mentre toglievo gli ingredienti dal frigorifero, Donovan trovò il mio sguardo. "Quindi non sei vegetariana?"

L'accento del sud e il tono scherzoso mi strapparono una risata. "No," risposi, scuotendo la testa.

Bevve un sorso di birra, facendomi l'occhiolino. "Pensavo di sì, dato che vivevi a San Francisco. Senza offesa."

"Ma stai scherzando? Sono nata e cresciuta in Alaska. Certo, anche qui ci sono i vegetariani, ma io non potrei mai. Mio padre mi ha insegnato a cacciare quando ero alle superiori. Ho perfino mangiato un animale ucciso da me."

Donovan sfoderò un sorriso enorme. "Buono a sapersi, zuccherino. Anche io."

Turbata all'estremo dal suo sorriso, presi il telecomando e accesi la televisione per smorzare la tensione.

Ma alla fine non ne avevo poi tanto bisogno, perché ero troppo concentrata sulla preparazione del piatto. Per la prima volta, ci stavamo rilassando insieme. Niente vibrazioni sessuali, niente occhiate seducenti. Nonostante il desiderio sempre presente, riuscimmo a comportarci come due persone normali, chiacchierando del più e del meno.

Da vero gentiluomo, si dimostrò molto curioso sul mio passato, sui miei gusti, i miei hobby. Anche lui mi raccontò molto di sé. Per esempio, scoprii che quell'accento sexy veniva dalla Georgia. Lui però giurava di averlo praticamente perso.

"Zuccherino," disse, con accento marcato e facendomi l'occhiolino "Fidati, non è più forte come un tempo."

Mai prima di allora la voce di un uomo mi aveva fatta fremere tutta. E conoscendo le sue doti insuperabili, il mio corpo non poteva fare a meno di reagire ogni volta che apriva bocca. A prescindere dal sesso stratosferico, con lui mi stavo trovando tanto bene.

Proprio come previsto, le lasagne erano pronte in meno di un'ora.

Avevo rifiutato categoricamente il suo aiuto, chiedendogli solo di grattugiare il formaggio. Dopo cena ci buttammo sul divano a guardare la televisione, ma in realtà non stavo minimamente prestando attenzione allo schermo.

Mi addormentai tra le sue braccia, finché non lo sentii alzarsi. Lo fermai prima che se ne andasse. "Perché non resti qui?"

Si voltò, posando quegli occhi nocciola su ogni centimetro del suo corpo. Alla fine, restò.

Ore dopo, nel buio più totale, mi portò di nuovo all'apice. Mi ero svegliata con le sue dita avvolte attorno a un capezzolo e l'erezione che premeva insistentemente contro il fondoschiena, il ritmo lento e sensuale.

L'orgasmo mi travolse impetuoso e il piacere si diffuse come melassa, denso e intenso. Con un grido, tremai tutta quando riversò il seme caldo dentro di me. Mi riaddormentai presto tra le sue braccia, avvolta in una sensazione di calore e di sicurezza, sazia fino al midollo.

Capitolo Diciannove

DONOVAN

I raggi del sole filtrarono dalla tenda, svegliandomi. Il corpo caldo e morbido di Jasmine era premuto contro il mio fianco, una gamba sollevata e incrociata ai miei polpacci. Sentivo il suo seno perfetto sulla pelle, la tentazione già irresistibile di prima mattina. Infatti, ce l'avevo duro. Perfino dopo la scopata contro la porta e quell'altra nel cuore della notte, ancora non mi sentivo sazio. In realtà, temevo che il fuoco che alimentava il mio desiderio per lei fosse indomabile.

Era molto presto, ma tendevo a svegliarmi sempre di buon mattino. Mi voltai verso la sveglia sul comodino. Erano le sei. Entro un'ora dovevo essere in caserma.

Però, beh, non volevo alzarmi dal letto. E non mi capitava da anni. Sarei rimasto volentieri lì con lei tutto il giorno. Forse, così, avrei finalmente avuto pace.

Ormai avevo praticamente rinunciato a cercare un'altra storia seria. Non tanto per scelta, ma il mio cinismo aveva allontanato qualunque donna. Ero convinto che non avrei più trovato qualcuno di speciale, ma poi Jasmine aveva fatto irruzione nella mia vita, sfondando le mura che avevo alzato attorno al mio cuore. Lei sì che era speciale.

Il sesso con lei era da paura. Si abbandonava completamente ai suoi istinti più primordiali, ogni istante allo stesso tempo puro e selvaggio. Con Katie, invece, nonostante la passione e l'amore, non era mai stato così meraviglioso. Ma in fondo, un ragazzino di vent'anni si accontenta di poco.

Il tradimento aveva lasciato una profonda ferita nel mio cuore, che con gli anni si era rimarginata. Ai tempi, l'avevo amata nell'unico modo che conoscevo. Ma ciò che più mi aveva fatto male era il tradimento di Bill.

Tempo dopo, mi era giunta voce del loro fidanzamento ufficiale e della loro successiva rottura. I genitori miei e di Bill erano migliori amici, quindi era praticamente impossibile evitare notizie sul suo conto.

Pensavo che non sarei più riuscito a fidarmi delle donne, ma in cuor mio ero convinto che Jasmine non avrebbe mai tradito nessuno in quel modo. Non faceva parte della sua natura. Come potevo esserne così sicuro? Chissà.

Cominciai ad accarezzarle dolcemente i capelli, mentre flash della serata precedente mi invadevano la mente. Aveva preparato una cena deliziosa. Chiariamoci, mia madre era una cuoca straordinaria. Donna del sud, andava fiera di ogni suo piatto. Poca raffinatezza, ma sapori sorprendenti.

Cocco di mamma com'ero, non potevo certo dire che Jasmine avesse preparato le lasagne più buone che avessi mai mangiato in vita mia. Ma neanche pensarlo, in realtà. Però sapevo che a mia madre lei sarebbe piaciuta molto. Quella consapevolezza mi scosse il cuore. Ormai Jasmine aveva fatto breccia, scivolando nelle crepe delle mie difese come fumo.

Tra una chiacchiera e l'altra, mi aveva raccontato un poco di sé. La sua famiglia sembrava essere molto unita. Levi si era autoproclamato il miglior cuoco tra loro, ma Jasmine non gliel'avrebbe mai data vinta. Però, anche se con riluttanza, aveva ammesso che pure lui aveva un certo talento.

Suo fratello lo adorava, ma percepivo comunque una certa tensione tra i due. Però in una famiglia è normale, no? Mia madre non mi aveva ancora perdonato per aver chiesto a Katie di sposarmi. Ma per quanto fosse furiosa con Bill, sapevo che in cuor suo sperava che un giorno ci riconciliassimo.

Era un argomento spinoso, che cercavo di evitare il più possibile. Per non parlare del mio trasferimento in Alaska. Ancora non l'aveva accettato. Ma non me n'ero andato così lontano per fuggire, era stato il mio lavoro a portarmi lassù e con il tempo mi ero innamorato dell'Alaska. Tornavo a casa ogni anno e anche i miei genitori venivano a trovarmi quando potevano.

Feci un bel respiro profondo, preparandomi mentalmente a cominciare la giornata. Mi spostai con delicatezza per non disturbare Jasmine, ma si svegliò comunque di soprassalto.

Si sollevò su un gomito e mi guardò.

Porca troia.

Era sexy da morire, con i capelli arruffati che le incorniciavano il viso, le guance arrossate, le labbra ancora gonfie dai baci e gli occhi assonnati. Mi venne subito duro. Di nuovo.

"Oh," disse, come sorpresa di trovarmi lì.

Mi scappò una risata divertita.

Sfoderò un sorriso raggiante che mi scaldò dentro e fuori.

"Buongiorno," disse, la voce ruvida.

"Buongiorno a te." Mi feci un rapido calcolo per capire se c'era tempo per una sveltina. Spostò leggermente le gambe e strofinò il ginocchio contro l'erezione. La vidi arrossire, quasi imbarazzata.

Ridacchiai di nuovo. "Devo andare al lavoro," mormorai.

"Allora preparo il caffè," disse, balzando subito in piedi.

Ah, il mio pene gradì molto. Il suo sedere a forma di cuore, pieno e rigoglioso, era lì di fronte ai miei occhi.

Sapevo già cos'avrei fatto quella sera, tornato dal lavoro. Volevo metterla a novanta, quel bel culetto per aria, e scivolare nel suo sesso caldo ed eccitato.

Lanciai via le coperte, cercando di placare l'erezione. Con un paio di boxer addosso, uscii dalla camera e lanciai un'occhiata in cucina, dove Jasmine stava preparando il caffè.

"Vado un attimo a casa a lavarmi e vestirmi. Torno subito."

Si voltò e mi rivolse un sorriso. "D'accordo, troverai il caffè pronto."

Santo cielo, *non* volevo proprio andarci al lavoro. Sentivo il bisogno di perdermi ancora e ancora in Jasmine. Era chiaro mi stessi innamorando di lei. E follemente. Ma dovevo mettere le redini al mio desiderio. Non ne avevamo più parlato, ma la prima sera mi aveva detto che il suo ex l'aveva tradita. Doveva aver sofferto tanto quanto me. Sapevo che tra di noi era sbocciato qualcosa di vero e profondo, ma non volevo soffocarla correndo troppo.

Dopo una doccetta fredda, mi infilai dei vestiti puliti e tornai da lei. Varcata la soglia, un profumino mi inondò le narici. Oltre al caffè, in quei dieci minuti aveva cominciato a preparare anche dei pancake.

"Ho deciso che devi fare colazione," dichiarò, mentre mi avvicinavo alla cucina.

"Zuccherino, sei perfetta." Mi fermai alle sue spalle e la presi tra le braccia, chinando la testa per inspirare il suo odore che amavo così tanto. Nel frattempo, capovolse due pancake nella padella.

"Bah, non credo proprio, però volevo che mangiassi qualcosa." Fece una pausa, un luccichio malizioso negli occhi. "Intendo cibo vero."

Mi venne duro di nuovo.

I pancake erano assolutamente deliziosi, così come il caffè. Dato che ormai rischiavo di fare tardi, me ne andai senza poterla fottere un'ultima volta.

Dovevo giusto capire come procedere per non rovinare tutto.

Capitolo Venti

DONOVAN

Fu una mattinata di quiete. La mia squadra, essendo appena tornata da una missione, era di turno per le emergenze in zona, mentre la squadra locale era impegnata con un incendio controllato poco distante.

Ero in garage con Emily e le stavo insegnando a cambiare l'olio dei camion. Averla lì con noi era un po' una boccata d'aria, con i suoi capelli viola e il caratterino che ravvivavano l'atmosfera. All'ora di pranzo mi offrii volontario per andare a prendere da bere per tutti al Firehouse e poi qualche pizza. Come immaginavo, nessuno si oppose.

Qualche minuto dopo entrai al Firehouse, trovando un raro momento di calma. I tavoli erano tutti pieni, ma non c'era la fila al bancone, dove Janet stava servendo un cliente.

Un sorriso affettuoso le arricciò gli occhi quando mi vide arrivare. Janet era tra le prime persone che avevo conosciuto appena dopo essermi trasferito a Willow Brook. Mi ero rintanato nel locale dopo giorni e giorni di viaggio, affamato e in grave deficit di caffeina.

Mi aveva accolto dal bancone, insistendo per regalarmi il caffè dato che non ero un semplice turista. Poi, nella successiva mezz'ora, mi aveva raccontato praticamente tutta la storia di Willow Brook. Continuando a servire gli altri clienti, ovviamente.

Così, grazie a quel caffè gratis, si era messa in tasca più di mille dollari perché cercavo di passare da lei praticamente ogni giorno.

"Donovan," disse, la voce un poco divertita. "Come va?"

"Tutto bene, dai. Sono tornato ieri sera. Sai che quando sono in città non riesco a fare a meno del tuo caffè."

"Infatti mi aspettavo di vederti questa mattina," replicò, facendomi l'occhiolino.

Ripensai al mio dolce risveglio con Jasmine. Bastò quell'immagine a risvegliare le fiamme di desiderio. Merda. Mi eccitavo anche senza avercela davanti.

E non vedevo l'ora di metterla a novanta davanti a me proprio quella sera, per ammirare il suo bel fondoschiena tra una spinta e l'altra.

Scossi via quei pensieri, riportando l'attenzione su Janet. Non era da me fissarmi tanto su una donna. Mi strinsi nelle spalle. "Ero occupato, scusa. Comunque, ho un bell'ordine da fare."

"Dimmi tutto."

"Dunque, io prendo il mio solito *Shot in the Dark*, poi mi servono anche dieci caffè della casa. Dammi anche della panna da portar via per sicurezza. Lo zucchero ce l'abbiamo in caserma, quindi non ne ho bisogno."

Janet ridacchiò. "Stai comprando il pranzo a tutti?"

"Eh, già."

Si voltò e cominciò a preparare i caffè. Intanto mi spostai dal bancone, continuando a fare due chiacchiere. Ogni tanto si fermava per servire altri clienti e, a un certo punto, mi guardò con un luccichio negli occhi. "Allora, avrei una domanda," disse.

"Ovvero?"

"Jasmine userà l'altro garage vuoto che c'è qui dietro come studio. Non è che magari puoi darle una mano? È molto testarda, quindi dubito che chiederà aiuto a qualcuno. Posso pagarti."

Neanche morto.

Non le avrei mai permesso di pagarmi per aiutare Jasmine.

"Aiuto volentieri, ma prima è meglio che ne parli con lei. Devo capire di cos'ha bisogno, prima di metterci mano. E per l'amor del cielo, non mi devi certo pagare. Non c'è nulla da costruire o riparare. Immagino le servirà giusto qualche scaffale, un tavolo e i suoi strumenti."

Con un sorriso raggiante, mi porse l'ultimo caffè. "Lo sapevo che avresti accettato. Tanto è proprio qui dietro, quindi puoi lavorarci quando hai tempo per il B&B."

"Ti sei per caso dimenticata che non mi stai pagando perché mi stai affittando la suite gratuitamente? Dovrei riuscire a completare lo studio in un paio di giorni, quindi consideralo fatto."

"Beh, ho comunque intenzione di pagare per i materiali, come faccio già con il B&B. Le dirò che ho chiesto aiuto a te perché il garage è mio," aggiunse con un sorriso, l'aria a dir poco compiaciuta.

"C'è davvero bisogno di fare tutti questi giri?"

"Eh, sì, non so quanto sei riuscito a conoscere Jasmine..." Flash della scopata della notte precedente mi invasero la mente, la sensazione del suo canale caldo attorno al membro ancora vivida. "Ma è una ragazza molto testarda. Sono Team Jasmine e voglio che resti qui a Willow Brook. E per convincerla, dobbiamo unire le nostre forze per permetterle di creare qui le sue ceramiche."

"Oh? Quindi lo studio verrà adibito a quello?"

Preparò lo scontrino e pagai i caffè.

"Sì, è un'artista fantastica e le sue opere sono bellissime. Ha trovato lavoro con una catena di gallerie d'arte qui in Alaska. Dato che d'estate Amelia e Lucy sono molto impegnate, ho ficcato come al solito il naso nella faccenda per preparare lo studio il prima possibile."

"Ed è stata lei a parlartene?" le chiesi, con un sorrisetto d'intesa.

Mi guardò con aria furba. "No, me l'ha detto sua mamma. Diciamo che per me Jasmine è un po' come una figlia."

"Beh, io aiuto volentieri. Poi fammi sapere quando posso parlargliene."

"Certamente."

Lasciai il resto nel barattolo delle mance, poi la salutai e andai a prendere la pizza. Alpenglow Pizza aveva aperto da neanche un anno al posto della vecchia pizzeria. Il locale era diventato subito molto popolare e noi della caserma la compravamo soltanto da loro. Con il forno a legna e un menu molto ampio, preparavano pizze deliziose in pochissimo tempo,

Recuperai la pila di pizze che avevo ordinato e tornai subito sulla Main Street. Jasmine intanto continuava a vagare tra i miei pensieri. Era una donna indipendente e dal caratterino impetuoso. Me l'aveva dimostrato proprio la notte in cui ci eravamo conosciuti, quando aveva preso a pugni quell'idiota che l'aveva palpata.

Quel suo lato focoso ormai lo conoscevo fin troppo bene. Ogni volta che stavo con lei, rischiavo di bruciarmi. Proprio come Janet, anch'io ero Team Jasmine. Avrei fatto tutto il possibile per tenerla lì a Willow Brook con me.

Dopo pranzo ci occupammo di un incendio di poco conto in città e, prima di tornare a casa, passai da Carrie Dodge per aiutarla a tirare giù Herman da un albero. Carrie era una dolce signora anziana che viveva da sola con il suo gatto, ma l'hobby preferito di quel birbante era arrampicarsi su alberi da cui non riusciva a scendere da solo. Succedeva così spesso che un po' tutti i pompieri del paese erano passati ad aiutarla almeno una volta. Dopo un incidente, avevamo acquistato l'escavatore che Carrie utilizzava per recuperare Herman, lasciandolo nella sua proprietà per tirare giù il gatto nella cucchiaia. Già, pare assurdo. Ma era l'unico modo.

Dopo aver riportato Herman tra le braccia della sua proprietaria sorridente, tornai in macchina e ricominciai a pensare a Jasmine.

———

Uscendo dal vialetto di Carrie, sentii la vibrazione del telefono in tasca. Lo presi e fui sorpreso di vedere il numero di mia madre sullo schermo. Mia mamma era una persona abitudinaria. Quando non ero in missione, mi chiamava il sabato mattina. Cominciai dunque a preoccuparmi. Risposi subito e dal suo tono di voce compresi che i miei sospetti erano fondati.

"Che succede, mami?"

"Oh, tesoro. Scusami se ti chiamo così all'improvviso. C'è qualcosa che devo dirti. Non so come la prenderai, ma pensavo dovessi saperlo."

Mi si strinse lo stomaco per l'ansia. "D'accordo. Ti ascolto."

"Allora, Bill è tornato gravemente ferito da una missione ed è all'ospedale. Temono non possa farcela."

Strinsi con forza il telefono, troppo sconvolto per dire qualcosa.

"Ehi, tesoro, ci sei?"

Sentire il suo delicato accento del sud mi calmò un poco i nervi. Aveva fatto benissimo a dirmelo. Continuavo a stringere il telefono, il cuore che mi martellava con forza nel petto.

Con Bill non ci parlavo ormai da tre anni. Oh, non perché fossi ancora fissato con Katie. No, affatto. L'avevo superata presto. Col senno di poi, mi ero reso conto ben presto che non era la donna giusta per me, ma ai tempi ero accecato da ciò che credevo essere amore. Però con il mio migliore amico era diverso. Nessuno riuscì mai a prendere il suo posto.

Con gli anni avevo capito un bel po' di cose della vita. Il passato non lo si poteva cambiare, ma ogni tanto era possibile fare marcia indietro e riprovarci, per ottenere un risultato diverso. La nostra ultima telefonata mi risuonò nelle orecchie, mentre il mio cuore soffriva per la sua possibile dipartita.

Mi ero appena trasferito a Willow Brook, poco dopo aver saputo che lui e Katie si erano lasciati. Ma c'era da aspettarselo. Sicuramente lui non si era mai perdonato per averle permesso di mandare in frantumi la nostra amicizia. Come il lupo che perde il pelo ma non il vizio, Katie l'aveva tradito. Dopo la separazione, Bill mi aveva telefonato per scusarsi di tutto, ma dentro di me ero convinto se lo meritasse.

Però, con l'andare degli anni quella rabbia che covavo dentro si era attenuata e infine dissipata. Cominciava a mancarmi il mio migliore amico, che era sul punto di morte.

"Sì, sono qui, mami. Sai dov'è?"

"Mi ha chiamato la sua mamma. L'hanno trasportato a Denver in elicottero. Credo fosse in missione sui monti della zona. I suoi genitori partono stasera."

Mandai giù l'emozione che mi serrava la gola. In quell'istante, compresi il significato del perdono. Alla fine, l'amicizia che un tempo ci aveva uniti era più forte di qualsiasi tradimento. Avevo rifiutato il ramo d'ulivo che aveva provato a porgermi, sperando di poter dimenticare e andare avanti.

"Chiamami appena sai qualcosa, d'accordo?"

"Certo, tesoro. Sua mamma mi dà notizie appena arrivano."

L'amicizia dei nostri genitori aveva reso tutto più difficile. Chissà la lavata di capo che ai tempi si era preso da sua madre. Nonostante il nostro litigio, però, almeno loro quattro non si erano persi di vista.

Dopo la separazione di Bill e Katie, ogni tanto mia mamma ci aveva provato a farmi riavvicinare a lui, anche solo fargli uno squillo.

Feci un bel respiro profondo, travolto da un cupo senso di colpa. Tutto quel rancore che avevo covato per anni era evaporato. Ormai già da un po', in realtà, ma non avevo trovato il coraggio di fare il primo passo verso di lui.

"D'accordo, allora quando arrivano chiamami. Provo a chiedere qualche giorno di ferie."

"Certo, tesoro."

Ci salutammo e tornai a casa, con il pressante bisogno di vedere Jasmine.

JASMINE

Mi poggiai al bancone, mentre Lucy caricava la lavastoviglie e Levi stava dando alcuni pezzetti di lattuga a Cri. Ero passata da loro per cena, ancora piuttosto turbata. Ormai gli attacchi d'asma si erano fatti sempre più rari e portavo sempre con me l'inalatore. Eppure, l'incidente alla galleria e il fatto di essere di nuovo a casa avevano fatto scattare qualcosa dentro il cervello.

"Levi," dissi, avvicinandomi al tavolo dov'era seduto.

Quando stava con Cri diventava un bonaccione, quindi volevo approfittare del momento di quiete per tirare fuori un argomento potenzialmente spinoso. Non avevo problemi a parlarne di fronte a Lucy; in fondo era davvero la cognata migliore del mondo perché non era il tipo di persona che giudicava gli altri.

"Jazzy," replicò, usando il nomignolo con cui mi chiamavano in pochi.

Decisi di andare dritta al sodo. Scivolando sulla sedia di fronte a lui, incrociai il suo sguardo. "Sento di doverti chiedere scusa, anche se con diciassette anni di ritardo."

Mi guardò perplesso, ma poi un lampo gli attraversò gli occhi. "Per quello?"

Sapevo benissimo cos'è che intendesse con *quello*. Le guance in fiamme, annuii e feci un bel respiro profondo. "Ho la sensazione che da quel giorno tu sia diventato iperprotettivo."

Lucy si intromise. "Hai assolutamente ragione."

Il suo intervento bastò a spezzare la tensione che si stava facendo strada sul viso di Levi. Sollevò le spalle e le abbassò con un sospiro.

"Comunque sia, ci ho ripensato l'altro giorno e credo di aver capito il perché."

"Stavi per morire," mormorò piano, fermandosi a dare dell'altra lattuga a Cri.

Quel tenero cricetino mi stava rendendo tutto più facile. Il tonfo della lavastoviglie rimbombò nella stanza quando Lucy la chiuse. Mi girai a guardarla e dalla sua espressione smarrita intuii che Levi non le aveva mai raccontato la storia.

Riportai l'attenzione su mio fratello. "Lo so. Il passato non posso cambiarlo, ma non mi piace che il nostro rapporto sia diventato così teso. Sei un fratello fantastico, lo so bene. Quindi mi dispiace se alle volte il tuo atteggiamento mi fa girare le scatole e mi innervosisco."

Lucy si sedette tra di noi, senza dire nulla. Levi non rispose e deglutì rumorosamente.

Mi girai verso di lei. "Tu non ne sai niente, vero?"

Scosse la testa.

"Sai che soffro d'asma, giusto?" Annuì, quindi continuai. "Allora, in breve, eravamo giovani ed era estate. L'estate qui in Alaska è strana perché la vegetazione si risveglia tutta d'un colpo, no?"

Accennò un sorriso. Con un respiro profondo guardai Levi, che stava ascoltando in silenzio. "Comunque, Levi doveva andare al lago con degli amici e l'ho pregato di portarmi con loro. Alla fine sono riuscita ad andarci e portarmi dietro anche amici miei. Era una giornata come un'altra. I nostri genitori erano andati al Wildlands per pranzo." Feci una pausa per un sorso di vino. "Avevo dimenticato a casa l'inalatore, ma quando l'ho scoperto non mi sono presa la briga di dirlo a nessuno perché non volevo tornare a recuperarlo. Però l'aria era stracolma di polline e noi stavamo camminando tra l'erba. A un certo punto mi è venuto un attacco d'asma. Levi mi ha presa in braccio e mi ha riportata indietro. È stato terribile. O almeno credo, dato che ricordo soltanto la sensazione di soffocamento. Però ricordo la sua faccia terrorizzata e quella dei miei genitori quando siamo arrivati al Wildlands. Quindi diciamo che è per questo che oramai mi sta sempre col fiato sul collo."

Tracciai un cerchio sul tavolo con il dito e guardai Levi, che stava accarezzando la schiena di Cri. Tutta la tensione che si era accumulata tra di noi negli anni stava gravando pesantemente su entrambi.

"Oh, ora si spiegano molte cose," disse Lucy, la voce delicata.

Levi la guardò e lei gli strinse la mano. "Amore, sei un uomo alla mano e spensierato, ma quando si tratta della tua famiglia e soprattutto di Jasmine cambi completamente. Intendevo questo, tutto qui."

Lucy mi guardò e inclinò la testa di lato. "Non ho un fratello maggiore, ma capisco cosa significa sentirsi schiacciare dagli altri. Vi ho sempre ritenuti molto fortunati perché si vede che vi volete molto bene, ma è proprio triste quando si creano queste tensioni."

Lacrime calde mi velarono gli occhi, ma con un bel

respiro profondo le cacciai indietro. "È davvero così ovvio?"

"In realtà no. Poi succede di rado e va via come viene."

Presi l'angolo del labbro tra i denti, incrociando lo sguardo di Levi. "Lo so che non smetterai mai di preoccuparti per me. Potrei quasi prenderlo per un complimento."

Levi eruppe in una risata. "Già, santo cielo, quel giorno ero spaventato a morte. E poi c'è da dire che sei proprio una donna testarda."

Il resto rimase non detto, ma in fondo non era di parole che avevamo bisogno. Volevo soltanto che capisse che quel giorno aveva segnato anche me e che riconoscevo i miei errori.

"Comunque sì, continuerò a preoccuparmi per te," aggiunse.

"Lo so," replicai, con un lieve sorriso.

E così, quella barriera di emozioni che per tanti anni ci aveva in qualche modo divisi venne giù. Non c'era voluto niente di che, soltanto il coraggio di parlarci chiaramente. Lucy aveva proprio ragione, ci volevamo un bene infinito. Quell'evento non era stato altro che un sassolino nella scarpa, che ogni tanto ritornava a dare fastidio.

Avevo finalmente capito che le sue ansie erano a dir poco giustificate, perché in realtà quel giorno anche lui era rimasto traumatizzato quanto me. Sarebbe rimasto sempre mio fratello maggiore e non avrebbe mai smesso di preoccuparsi per me, ma dopo quella discussione avrei cercato in tutti i modi di essere paziente.

La conversazione si spostò in seguito su argomenti più leggeri. Quando mi alzai per tornare a casa, Levi mi abbracciò forte sollevandomi persino da terra. Rimettendomi giù, sorrise.

"Ti voglio bene, Jazzy," disse.

In punta di piedi, gli stampai un bacio sulla guancia. "Ti voglio bene anche io."

Lucy mi accompagnò alla macchina, restando accanto alla portiera mentre mi sistemavo al volante. "Grazie," disse, quando incrociai il suo sguardo.

"E di cosa?"

"Per Levi ha significato molto, ne sono certa. Non mi aveva mai detto nulla."

"L'ho intuito. Ma a quanto pare mi stavo preoccupando troppo."

Lucy si strinse nelle spalle, con un sorriso. "Comunque sono contenta di averlo scoperto. Per lui sei proprio speciale." Si chinò per un breve abbraccio.

Ne avevo tanto bisogno. Mi lasciò andare, fece un passo indietro e chiuse la portiera. Così, con un ultimo saluto, misi la retromarcia e mi allontanai, vedendo dallo specchietto retrovisore Levi che le si avvicinava per prenderle la mano.

Nonostante fossero passati anni da quella storia, avevo tutte le emozioni su di giri. Mi sentivo vulnerabile e fragile.

Donovan invase subito la mia mente. Gli ultimi messaggi di Glen erano la conferma che tra di noi non c'era mai stato nulla di reale. Mi ero semplicemente accontentata di un uomo che all'apparenza era un buon partito. Non che avessimo avuto la relazione peggiore della storia. No, altrimenti non sarei mai rimasta con lui. Tra di noi andava tutto... bene.

Con Donovan, però, era tutta un'altra cosa. Il sesso era da paura, un qualcosa che non avevo mai sperimentato prima. Inoltre, dopo tutto ciò che avevamo passato insieme, sentivo che si era già preso una bella fetta del mio cuore.

Durante il viaggio verso casa, mi chiedevo proprio se quella sera l'avrei rivisto. Vivendo uno di fronte all'altra, la voglia di vederlo era sempre tanta. Arrivai al parcheggio del B&B e trovai il suo pick-up. Cominciò a battermi forte il cuore e uno stormo violento di farfalle mi invase lo stomaco all'improvviso.

Ormai l'avevo capito che non si trattava soltanto di puro desiderio sessuale. Per quanto avessi paura di sviluppare sentimenti troppo forti per lui, allo stesso tempo sapevo che non sarei mai riuscita a contrastarli.

Non sai se lo incrocerai davvero. Sarà stanco per il lavoro. Vai a letto, che è meglio. Non contarci troppo.

Con quella vocina nella testa, entrai al piano di sotto, buio e silenzioso. La luce del corridoio proiettava un leggero bagliore sui gradini, mentre i miei passi risuonavano nell'aria. Prima dell'ultimo gradino, percepii la presenza di Donovan senza neanche bisogno di vederlo.

Sollevai lo sguardo e lo trovai poggiato contro il muro. Una mano gli sprofondava nella tasca, rivelando una strisciolina di pelle nuda tra i jeans e la maglietta.

Girato verso di me, mi guardava con un'intensità travolgente, come se in quel momento esistessi soltanto io. Rimase fermo ad aspettarmi, mentre mi avvicinavo con il cuore a mille, pervasa dalla testa ai piedi da un fuoco incandescente.

Mi fermai di fronte a lui e l'ultimo passo riecheggiò con forza contro le pareti. Sollevai lo sguardo e gli lessi una certa malinconia sul volto. Cominciai subito a preoccuparmi.

"Stai bene?" gli chiesi, prendendogli la mano.

Rimase in silenzio per un lungo momento, poi si strinse nelle spalle. "Non lo so."

"C'è qualcosa che posso fare?"

Fece spallucce, poi si spinse via dalla parete. Sfilò l'altra mano dalla tasca e prese una delle mie ciocche ribelli per avvolgersela tra le dita.

"Ho bisogno di te," mormorò.

La sua voce ruvida e le fiamme che gli ardevano negli occhi non fecero che alimentare il mio desiderio. Non sarei mai riuscita a resistergli. Bastava uno sguardo per farmi sciogliere ai suoi piedi.

Con gli occhi fissi nei miei e la ciocca tra le dita, mi mozzò il fiato con un bacio avido, privo della benché minima esitazione. Prese a divorarmi la bocca e lo lasciai fare, con immenso piacere. Abbandonarmi a lui e all'intensità di quel nostro desiderio era pura beautitudine.

Mi gettai tra le fiamme, quasi con disperazione. Un po' di paura ce l'avevo, ma era impossibile resistervi. Donovan ci capovolse, premendomi contro la parete. A un certo punto si separò dalle mie labbra, lasciando una scia ardente di baci lungo il collo, torturandomi con le labbra, i denti e la lingua.

Riuscivo benissimo a percepire il suo stato d'animo, il suo bisogno di perdersi completamente in noi, in me. Cominciò a strofinare l'erezione calda e pulsante contro di me e dovetti trattenere un gemito deliziato. Stavo cominciando a diventare impaziente.

Glielo leggevo in faccia che stava soffrendo, ma non sapevo proprio perché. Volevo farlo sentire meglio, aiutarlo a dimenticare tutto quanto, ricambiare il favore.

Mi liberai e lo spinsi contro il muro, poi feci un passo indietro e passai il palmo della mano sul rigonfiamento. Armeggiai un poco con la cerniera e infilai la mano nelle mutande, abbassandole giusto il tanto da liberare il membro eretto.

Avvolsi le dita attorno all'asta e inspirò violentemente, gettando la testa all'indietro. Incrociò poi il mio sguardo, il suo velato di desiderio. Vederlo tanto preso quanto me mi eccitò da impazzire. Con Donovan non mi tormentavano mai né dubbi né insicurezze, sapevo di potermi lascarmi andare completamente.

Il nostro rapporto era basato sulla reciprocità, in cui si dava e si riceveva. Una specie di danza primordiale in cui ogni bisogno veniva soddisfatto. La mia lingua schizzò fuori per catturare una gocciolina di eccitazione dalla punta.

"Jasmine," mormorò, stringendo con più forza i miei capelli.

Mi inginocchiai tra le sue gambe e feci roteare la lingua attorno alla cappella pulsante. Dopo la passai lungo la parte inferiore e Donovan chiuse con forza gli occhi, lasciandosi sfuggire un delizioso gemito gutturale. Stuzzicai un altro po' la punta e la presi in bocca, succhiando piano.

"Cazzo, zuccherino, è bellissimo," grugnì lui.

Sollevai lo sguardo e portai un poco indietro la testa, scendendo di nuovo lungo l'asta mentre gli stringevo delicatamente i testicoli. Aprì di scatto gli occhi e mi guardò con occhi intensi e persi.

Il suo sapore salato era come una droga, che si disperse lungo la lingua e fino alla gola. Lo presi di nuovo in bocca, il membro umido e scivoloso. Cominciai a massaggiarlo con vigore, senza smettere di succhiare. Batté di nuovo la testa contro la parete, reggendosi ai miei capelli per non crollare.

Dopo qualche minuto di stimolazione esplose nella mia bocca, il seme caldo che scivolava giù per la gola.

Con un'ultima leccata portai indietro la testa e mi alzai in piedi. Le sue labbra trovarono le mie prima che potessi dire qualcosa e mi baciò con passione, dimostrandomi che per lui non era affatto un problema che avessi appena ingoiato.

Con una mano ancora tra i miei capelli e l'altra posata sulla mia guancia, mi baciava come se il mondo stesse per finire. Poi ci girammo un'altra volta e ci buttammo nella prima suite che trovammo, ovvero la mia.

Capitolo Venticinque
Donovan

Il profumo di Jasmine mi pervase, inebriandomi come una droga. Era riuscita a incatenare il mio cuore, ma mi andava bene così.

Quando l'avevo sentita tornare a casa, un desiderio irrefrenabile mi era sbocciato dentro.

Ed eccoci lì, le nostre labbra che si divoravano e le lingue che lottavano insieme dopo quel pompino stratosferico nel corridoio. Che fossi appena venuto nella sua bocca calda era irrilevante, perché ce l'avevo di nuovo duro. Per lei. Soltanto per lei.

Le afferrai con forza la camicetta e sentii il tessuto strapparsi, mentre un bottone rimbalzava sul pavimento. Jasmine fece un passo indietro e lanciò via gli stivali, sfilandosi la gonna mentre io lanciavo la mia maglietta per terra. Un attimo dopo era tutta nuda. In piedi accanto al divano, la girai dall'altra parte, forse con eccessiva forza.

Senza perder tempo, avvolse le dita sullo schienale e si piegò in avanti. Il profumo muschiato del suo desiderio raggiunse le mie narici. Le infilai una mano tra le cosce e la trovai, calda, bagnata e pronta. In mezzo secondo, afferrai il membro e affondai completamente dentro di lei. Jasmine sollevò il sedere per accogliermi meglio, in una posa sexy da impazzire. Rimasi fermo in lei, la gola strozzata dall'emozione e il cuore che mi martellava nel petto.

Non stavo pensando lucidamente, mi stavo lasciando guidare unicamente dall'emozione. Però, in qualche modo, era come se Jasmine avesse capito che avevo il disperato bisogno di perdermi in lei, in quel vortice travolgente di godimento.

Presi un bel respiro e mi ritrassi, spingendomi di nuovo dentro con forza e abbandonandomi a un grugnito che turbò la quiete della stanza. I muscoli del suo canale mi avvolgevano in modo delizioso. Dopo solo pochi minuti mi sentivo già troppo vicino all'apice.

Per quanto amassi il panorama, avevo bisogno di guardarla in faccia. Scivolai fuori e la capovolsi di nuovo. Mi buttai sul divano e lei si posizionò sopra di me, a cavalcioni. I capelli arruffati le incorniciavano il viso e aveva la pelle arrossata. Era splendida. Ormai non potevo più mentire, perché il mio cuore conosceva la verità. Quella donna mi aveva rovinato, sottomesso. All'improvviso, senza il minimo preavviso.

Jasmine si sollevò e scivolò giù su tutta la lunghezza dell'asta. Tempestandomi il viso e il collo di baci, cominciò a muoversi in modo sensuale. Pochi minuti ed esplose sopra di me, stringendosi con forza attorno al membro pulsante. Un brivido la percosse e un urlo deliziato squarciò l'aria, al che mi lasciai andare e mi riversai dentro di lei.

Jasmine si gettò contro di me e posò la testa nella curva del collo, il suo respiro che mi solleticava la pelle. Con lei tra le braccia, congiunti ancora al livello più intimo possibile, mi sembrava di aver raggiunto il paradiso.

Cominciai a carezzarle piano i capelli, cercando di riprendere fiato. Grazie al cielo che ero seduto, perché Jasmine si prendeva sempre tutto ciò che potessi darle, fino a succhiarmi via tutte quante le forze.

Ma quel che prendeva lo restituiva anche. Il corpo sarà stato a pezzi, ma il mio cuore era finalmente completo, pieno di emozioni fortissime. Non avevo mai provato nulla di così profondo per nessun'altra donna prima di lei.

Come sollevò la testa, aprii gli occhi. Bastò guardarla per risvegliare il mio amico, nonostante i due orgasmi intensi. Era lì seduta sopra di me, il suo canale caldo e accogliente che mi cullava, mentre i due meravigliosi occhi blu mi scrutavano sotto alcune ciocche ribelli. Cazzo, era bellissima.

Sollevò la mano e mi carezzò il viso.

"Come stai?" mi chiese.

Una domanda tanto semplice, che mi strappò comunque un sorriso. Quando le nostre bocche si erano trovate avevamo dimenticato tutte le formalità. In quei minuti insieme ero riuscito a dimenticare temporaneamente la telefonata con mia madre.

Bill, il mio vecchio migliore amico, era all'ospedale in fin di vita.

Mi stavo innamorando follemente di Jasmine e non potevo più negarlo. Non riuscivo già più a immaginare il mio futuro senza di lei, senza quello che stavamo costruendo. Dovevo soltanto capire come muovermi per non rischiare di correre troppo.

Nonostante il nostro livello di intimità, nonostante il mio cuore le appartenesse già, non sapevo come affrontare con lei un argomento tanto delicato. In fondo non ero più abituato a condividere i miei sentimenti, erano passati diversi anni dalla mia ultima relazione seria e nel frattempo mi ero arrugginito.

La storia con Katie era ormai acqua passata e ciò che provavo per Jasmine ne era la conferma definitiva. Il mio cuore apparteneva soltanto a lei, quei sentimenti erano così forti da oscurare completamente ciò che tempo prima c'era stato con Katie.

Jasmine doveva aver avvertito il mio turbamento, ma non sapevo comunque come spiegarle la situazione. Non era ancora il momento.

Però non potevo mentirle. Mi strinsi dunque nelle spalle e le carezzai i capelli e la schiena, lasciando le mani nel delizioso solco dei fianchi.

"È stata una giornataccia," risposi infine.

Un lampo di curiosità le attraversò gli occhi, ma esitò prima di parlare. Il nostro rapporto era stato forgiato con le fiamme del nostro desiderio. Farsi strada tra le macerie del nostro passato era diventato improvvisamente troppo complicato. Ci conoscevamo da relativamente poco, era ancora tutto troppo nuovo. Lei si portava dietro un bagaglio molto pesante dopo una relazione finita da qualche settimana.

"Beh, se ti va di parlarne, io sono qui."

La guardai e annuii, il cuore travolto da un insolito senso di incertezza. Temevo che il mio silenzio potesse allontanarci, ma Jasmine sembrava aver capito che ancora non me la sentivo di parlarne.

Con un dito tracciò la curva del collo e della spalla.

"Hai cenato?" mi chiese.

Scossi piano la testa proprio quando lo stomaco brontolò. "Tu?"

Annuì con una risatina. "Ho cenato da Levi e Lucy. Ti preparo qualcosa io, dai. Non puoi andare a letto a stomaco vuoto."

Si sollevò piano e si sciolse dal mio abbraccio.

Anche se con riluttanza, la lasciai andare. L'avrei stretta a me per tutta la notte, ma purtroppo stavo davvero morendo di fame.

Era piuttosto tardi, ma si mise comunque una vestaglia e cominciò a lavorare in cucina. Io nel frattempo mi infilai i jeans e restai a osservarla cucinare. Nel giro di neanche venti minuti mi servì un piatto delizioso di pasta con pollo, olio di sesamo, aglio e verdure.

Ore dopo, mi risvegliai avvolto nell'oscurità, sdraiato alle spalle di Jasmine. Inspirai il suo profumo, che sapeva di casa.

Capitolo Ventidue

JASMINE

Il mattino seguente mi svegliai prima di Donovan e decisi di preparare la colazione per entrambi. Misi a fare il caffè e optai per delle omelette, dato che a detta sua non era affatto schizzinoso.

Stavo sbattendo le uova quando i suoi passi risuonarono nella stanza. Mi voltai verso di lui e rimasi letteralmente senza fiato. Si stava passando una mano tra le ciocche bagnate, a petto nudo, con i jeans aperti che ricadevano morbidi sui fianchi. Quanto avrei voluto leccarla, quella pelle esposta.

Si avvicinò, fece il giro dell'isola e mi avvolse le braccia attorno alla vita, chinando la testa per stampare un bacio sul collo.

"Che buon profumo che hai," mormorò sulla mia pelle, e un brivido mi pervase tutta. Donovan sollevò la testa e rimase a guardare mentre finivo di sbattere le uova, cercando in tutti i modi di tenere a bada le reazioni del mio corpo. Sentivo i capezzoli turgidi premere contro il tessuto, mentre un calore languido si sprigionò tra le cosce.

Ogni volta che ce l'avevo vicino mi eccitavo da morire.

"Il caffè è pronto," lo informai, versando le uova nella padella.

Ridacchiò e fece un passo indietro, non prima di carezzarmi la schiena. Un gesto tanto semplice che lasciò come un marchio infuocato sulla pelle.

"Potrei farci l'abitudine, sai?" commentò, versandosi una tazza di caffè. Poi mi guardò e strinse gli occhi. "Oh, tu non ce l'hai ancora." Detto ciò, prese un'altra tazza dal mobile e me la riempì. "Ci vuoi panna o zucchero?"

Alla parola *zucchero* mi risuonò nelle orecchie il dolce nomignolo che mi aveva dato, *zuccherino*.

Attenta, Jasmine. Stai preparando la colazione. Quella vocina della ragione non mi lasciava un momento di tregua.

"Giusto un poco di panna," risposi.

Ne aggiunse una spruzzatina e poi mi porse la tazza.

"Vuoi una mano?" mi chiese, andando a sedersi dall'altra parte del bancone.

"No, tranquillo. Un paio di minuti ed è pronto." Nel frattempo aggiunsi formaggio, funghi e peperoni nell'omelette, prima di ripiegarla su se stessa. "Devi andare in caserma?"

Si voltò verso l'orologio sopra la porta. "Ho ancora un'ora. Ti svegli sempre così presto?" mi domandò, sorseggiando il caffè.

"Sono una tipa mattiniera, mi alzo presto anche senza la sveglia."

Donovan annuì, accennando un sorriso. "Ah, proprio come me. Non riesco mai a dormire fino a tardi. Anzi, succede solo dopo una missione e quando non ho dormito per ventiquattr'ore di fila."

Continuammo a chiacchierare del più e del meno. A un certo punto gli squillò il telefono e, quando controllò lo schermo, una smorfia dolorante gli distorse il volto.

"Tutto bene?" gli chiesi d'istinto dopo aver spento il fuoco, mentre servivo la sua omelette in un piatto.

Quando mi guardò ebbi quasi l'impressione che stesse per spiegarmi la situazione. La notte prima, alla stessa domanda aveva risposto con un semplice *Non lo so.* Ovviamente non avevo dimenticato né quel momento né il dolore che avevo percepito nei suoi occhi. Ma, come *sempre,* l'impeto della nostra passione aveva cancellato tutto il resto.

In quel momento, volevo che mi aprisse il suo cuore. Allo stesso tempo, però, non potevo fargli troppe pressioni. Dopo una lunga pausa bevve un sorso di caffè e scosse appena la testa. "Sto bene."

D'accordo, quindi non gli andava di parlarmene. La solita vocina nella mia testa mi ricordò che in fondo ci conoscevamo da molto poco. Non potevo gettarmi a capofitto in una nuova relazione, né tantomeno potevo illudermi o aggrapparmi a false speranze.

Cambiai subito argomento e mangiammo tra chiacchiere allegre. Dopo mangiato andò a prepararsi per il lavoro e passò per un bacio prima di uscire.

Quando richiusi la porta mi sentivo proprio su di giri. Mi stavo innamorando di lui. Troppo in fretta. Se n'era appena andato dopo una notte focosa passata insieme e già mi mancava. Il sesso con lui era diventato subito una droga.

Mi chiesi quand'è che sarebbe ripartito in missione. Sapevo che avrei dovuto farci l'abitudine il prima possibile. Levi era un hotshot ormai da anni. Non che non mi preoccupassi per mio fratello, ma con

Donovan era diverso. Nel giro di così poco tempo era riuscito a farsi strada nel mio cuore.

Però c'era qualcosa che non riusciva a rivelarmi e un poco ne stavo soffrendo. Magari in realtà non era nulla di preoccupante, però non ero stupida. La notte prima gliel'avevo letto in faccia che qualcosa lo stava turbando nel profondo. Quella telefonata che aveva ignorato poco prima aveva riportato quello stesso velo di tristezza nei suoi occhi. Però dovevo stare al mio posto, ricordarmi che per il momento tra di noi non c'era nulla di serio. Non potevo buttarmi così presto in un nuovo amore. Ma Donovan riusciva a farmi dimenticare la logica.

Scossi via quei pensieri e corsi a farmi la doccia. Avevo da fare alcune telefonate per i materiali per lo studio e decidere come accidenti organizzarlo.

Dopo la doccia, notai un messaggio di Glen sullo schermo del telefono. Nonostante la nostra storia, non mi mancava affatto. Il che era tutto dire. Per un attimo mi venne il terrore che Donovan non fosse altro che un ripiego. Ma in fondo essere tanto apprensiva e allarmista era nella mia natura. Per quanto la mia mente amasse tormentarmi, il mio cuore conosceva la verità.

Considerando le tempistiche, magari per gli altri poteva davvero apparire così. Ma in realtà con lui avevo trovato qualcosa che non avevo mai avuto con nessun altro. *Nessuno.* Neanche la proposta di matrimonio di Glen mi aveva fatta sentire tanto viva come quando stavo con Donovan.

Con un sospiro, lessi il messaggio.

Sarebbe carino se mi permettessi almeno di spiegarmi.

Ho fatto una stronzata. Spero di riaverti presto a casa così possiamo parlarne.

Quelle sue parole non mi provocarono alcun dolore. Anzi, venni travolta da un profondo senso di sollievo. Grazie a lui e Lisa ero riuscita a proteggere il mio futuro.

L'idea che San Francisco potesse essere davvero *casa* mi strappò una risata. Certo, ci avevo vissuto per sette anni, ma non mi ero mai sentita davvero al mio posto. Il mio cuore apparteneva a Willow Brook e così era sempre stato.

Avrei preferito continuare a ignorarlo, ma per buona educazione gli telefonai.

Rispose al primo squillo. "Oh, Jasmine, grazie a Dio."

Come una macchinetta, cominciò a ripetere le stesse parole del messaggio.

Lo interruppi subito. "Glen."

"Sì?"

"Tra di noi è finita. Non so cos'è che vorresti spiegarmi, ma ti ho chiamato soltanto per offrirti quel rispetto che tu non mi hai mostrato. Tra di noi non può esserci niente e credo che lo sappia anche tu. Forse non vuoi stare con Lisa, ma ti consiglio di prenderti un po' di tempo per capire cos'è che vuoi davvero. Non posso stare con un uomo che mi mente e mi tradisce nel nostro letto," dissi piattamente.

"Ma dai, Jasmine. Lascia che ti spieghi."

"No, Glen, tanto non ha più importanza. Mi sembri davvero dispiaciuto e lo apprezzo, ma ormai abbiamo chiuso. Non tornerò a San Francisco. Ma anche se dovessi farlo, non sarebbe per te."

Calò un silenzio tombale. Probabilmente non era abituato a un rifiuto così netto. Era il solito rubacuori, che con qualche lusinga e parolina dolce riusciva sempre a ottenere ciò che voleva.

"Ne sei sicura?" mi chiese, il tono condiscendente.

Ogni tanto mi lasciavo travolgere dall'insicurezza e

lui faceva sempre leva su quella mia debolezza. Ma non gliel'avrei più permesso.

"Sicurissima," risposi con assoluta convinzione. "Buona fortuna. Spero che tu possa trovare qualcuno che ami davvero."

Chiusi la telefonata e lasciai il telefono sul ripiano, sentendomi pervadere da un senso di libertà. Onestamente, Donovan era riuscito a infilarsi in ogni angolino del mio corpo, del cuore e della mente, quindi ormai non c'era più spazio per nessun altro. Ma anche se non avessi incontrato lui, non sarei mai tornata da un uomo infedele che me l'aveva fatta sotto al naso. Ancora non sapevo cosa il futuro avrebbe riservato a me e Donovan, ma di certo non sarei tornata da Glen e non sarei tornata a San Francisco.

Capitolo Ventitré

DONOVAN

Era passato ormai qualche giorno dalla notizia di Bill. Ero rimasto in contatto con mia madre e anche con i genitori di lui. La situazione sembrava essersi stabilizzata e c'era speranza che riuscisse a riprendersi.

Mi ritrovavo dunque di fronte a un dilemma, ovvero se fosse il caso o meno di andare a fargli visita al centro ustioni. Sua madre mi aveva chiesto di aspettare che si ristabilisse, quindi avrei avuto più tempo per pensarci.

Nel frattempo avevo passato tutte le notti con Jasmine e quei nastri di seta che mi aveva legato attorno al cuore lo stavano stringendo sempre più saldamente. Lei l'aveva capito sin da subito che c'era qualcosa che mi turbava, ma proprio non sapevo come parlargliene. In generale, ero un uomo piuttosto riservato.

Per quanto mi sentissi legato a lei nei momenti di intimità, aprirle il mio cuore era un territorio inesplorato. Erano passati troppi anni dalla mia ultima relazione seria, quindi nel tempo mi ero arrugginito.

Eppure, quel rapporto con Katie non era paragonabile a quello che c'era tra me e Jasmine.

Ai tempi di Katie eravamo giovani e spensierati, senza fardelli sulle spalle. Il tradimento con Bill mi aveva destabilizzato, ma poi, lavorando come hotshot, ne avevo viste proprio tante. Dedicarsi a missioni potenzialmente fatali era un'esperienza condivisibile con pochi.

Avevo imparato a gestire da solo le mie emozioni. Per il momento Jasmine mi aveva lasciato spazio, ma sapevo che prima o poi avrebbe perso la pazienza.

La mia squadra restò fuori città per tre giorni. Durante la missione, mi ero soffermato spesso a riflettere sul fatto che Jasmine fosse la sorella di Levi. Un fatto che avevo volutamente ignorato per settimane. Però ormai non si poteva più tornare indietro. Jasmine era mia. Sapevo di dover vuotare il sacco e confessargli che tra di noi era nato qualcosa. Continuare a rimandare mi si sarebbe senz'altro ritorto contro.

Ma prima avrei dovuto parlarne con Jasmine, donna dal temperamento focoso e aggressivo. Tanto aggressivo da spingerla a prendere a pugni un verme davanti a tutto un bar. E così focoso da rischiare di bruciarmi ogni volta che la facevo mia.

Tutto era cominciato perché non ero riuscito a resistere alla tentazione.

Ma con il tempo era sbocciato qualcosa, un qualcosa che di sicuro sentiva anche lei. Eppure, non ci eravamo ancora esposti al mondo. E si era rivelato molto facile, vivendo uno di fronte all'altra. Ormai era come se vivessimo insieme. Quando partivo in missione mi mancava da morire e riuscivo a togliermela dalla testa soltanto quando ero troppo impegnato nel lavoro.

Dopo tre giorni passati a domare un incendio

controllato che aveva oltrepassato le fasce tagliafuoco, tornammo finalmente a Willow Brook. Fred, il nostro solito pilota, era occupato a Fairbanks, quindi erano arrivati alcuni aerei di piccole dimensioni per recuperarci.

Non saremmo arrivati a Willow Brook, ma ad Anchorage. Dopo il decollo, aspettai un poco e accesi il telefono per controllare ci fosse linea. Trovai un messaggio di mia madre in cui mi avvertiva di un'infezione che aveva praticamente cancellato tutti i progressi che aveva fatto Bill.

Tesoro, forse è meglio se vieni a trovarlo. È probabile che possa lasciarci da un momento all'altro.

Per un breve secondo mi si fermò il cuore e il senso di colpa mi mozzò il fiato.

Indipendentemente da quello che era successo, Bill restava comunque l'amico con cui ero cresciuto.

Atterrati ad Anchorage, lanciai un'occhiata a Levi. Volevo chiedergli di riferire un messaggio a Jasmine, ma senza spiegargli la nostra situazione non avrebbe avuto molto senso. Sapevo che lei era a casa ad aspettarmi e morivo dalla voglia di vederla, ma essendo già all'aeroporto non potevo farmi sfuggire l'occasione.

Avvicinandomi, attirai la sua attenzione. "Levi."

Si fermò prima di arrivare al banco dell'autonoleggio e mi guardò. Essendo partiti da Willow Brook in elicottero non avevamo le nostre auto, quindi dovevamo arrangiarci con quelle a noleggio.

"Che c'è?"

"Ho bisogno di un permesso di tre o quattro giorni. Un mio vecchio amico ha avuto un brutto incidente durante un incendio. Dicono che potrebbe non farcela. Pensavo di partire direttamente da qui, dato che non ha senso tornare a casa."

Levi rimase in silenzio, studiandomi il volto.

Sapeva quanto stavo soffrendo. Levi era un amico molto leale, che c'era sempre per i suoi amici. Se fosse stato al mio posto sarebbe già andato a trovare Bill.

Mi posò una mano sulla spalla e la strinse per farmi forza. "Fai pure quello che devi, bello. C'è qualcosa che posso fare per te?"

Scossi la testa perché l'unica cosa di cui avessi davvero bisogno era stare con Jasmine. E per quello non poteva farci nulla, non sapendo cos'è che c'era davvero tra me e sua sorella.

"No, grazie. Mi serve giusto qualche giorno libero."

"Stai bene?" mi chiese.

Col cuore ferito, mi strinsi nelle spalle. "Me la caverò. È una situazione terribile, ma continuo a incrociare le dita. Nulla è ancora certo."

Levi mi strinse a sé per un rapido abbraccio e mi lasciò andare, facendo un passo indietro. Lo salutai e mi voltai, salendo al piano di sopra per fare il biglietto per Denver. Arrivato al gate giusto, presi il telefono e provai a chiamare Jasmine, ma a rispondermi fu la segreteria.

Sono Jasmine. Sapete cosa fare.

"Ehi, Jasmine, sono Donovan. Devo partire di nuovo, ma torno venerdì. Proverò a richiamarti."

Stavo per dirle che mi mancava, ma le parole mi morirono in gola. Avevo già un peso troppo grosso sul cuore, davanti alla possibilità che probabilmente non sarei mai riuscito a dire a Bill che l'avevo perdonato e che non provavo più alcun risentimento.

Prima di mettere via il telefono le scrissi un messaggio ripetendo le stesse cose, ma aggiungendo alla fine una faccina con un bacio.

Poco dopo cominciò l'imbarco e partimmo verso Denver. Atterrato all'aeroporto noleggiai subito un'auto per dirigermi all'ospedale. Mia madre e mio padre erano già arrivati a dare conforto ai genitori di Bill. Non potevo fare altro che sperare con tutto me stesso che se la sarebbe cavata.

Nella frenesia del momento non avevo trovato il tempo neanche per controllare il telefono o rispondere alla chiamata di Jasmine. Quando trovai un attimo per leggere il suo messaggio, lo trovai molto, troppo vago.

Spero vada tutto bene.

Capitolo Ventiquattro

JASMINE

Donovan mi mancava proprio tanto, però ce l'avevo pure con lui. Certo, non c'era motivo di aspettarsi che mi spiegasse la situazione. Nonostante i sentimenti che provavo per lui e quello che ci univa, non avevamo mai parlato di *noi,* quindi in realtà non c'era nulla di ufficiale.

Eppure, il fatto che se ne fosse andato senza spiegarmi il motivo bruciava. Una telefonata sarebbe stata apprezzata.

Beh, lui ti ha lasciato un messaggio. Sei tu che non hai risposto perché eri troppo occupata.

Sì, d'accordo, ma non mi ha comunque spiegato niente.

L'avevo capito da qualche giorno che qualcosa lo stava turbando, ma era ovvio anche che non gli andasse di parlarmene, quindi non avevo insistito.

Avresti potuto chiederglielo.

"Cazzo, cazzo, cazzo," mormorai, infilandomi i jeans.

Dovevo studiarmi bene l'organizzazione dello studio. Non avevo tempo per scervellarmi su Donovan. Aveva provato a chiamarmi un'altra volta, ma ero sotto la doccia e non avevo sentito. Comunque, sarebbe tornato il giorno dopo.

Ricordai duramente a me stessa che non potevo contare così tanto su un uomo e che era una follia innamorarmi di Donovan dopo aver appena chiuso una relazione seria. Con quei pensieri per la testa, mi infilai gli stivali da cowboy e uscii di casa per andare a prendere qualcosa da mangiare al Firehouse. Dopodiché, avrei chiamato mio papà per chiedergli una mano con lo studio, accettando il fatto che da sola non ce l'avrei mai fatta.

Entrai pochi minuti dopo nel locale, affollato nonostante fossero da poco passate le sei del mattino. Era una giornata splendida, quindi probabilmente era pieno di turisti che si preparavano a qualche avventura.

Mi misi in coda e, durante l'attesa, pensai a quanto mi mancava svegliarmi accanto a Donovan. Però dovevo darmi una bella regolata e smettere di costruire castelli in aria. La sua partenza improvvisa mi aveva finalmente aperto gli occhi. Il nostro rapporto era in un limbo e non potevo rinchiudermi in me stessa e crogiolarmi in un'illusione.

Il suo silenzio era come una profonda ferita nel cuore. Mi ero convinta che tra di noi ci fosse di più che semplice desiderio sessuale. Magari avevo frainteso tutto e lui non sentiva affatto la stessa connessione.

Arrivai di fronte a Janet, che mi accolse con un caloroso sorriso. Si spostò la treccia dietro la spalla e cominciò a tamburellare le dita sul bancone. "Che ti porto?"

"Il caffè più forte che c'hai e un pasticcino ai mirtilli, riscaldato. Poi ti dispiace se vado a dare un'occhiata sul retro?"

"Ma certo, fai pure. Ti ho fatto fare la chiave! Aspetta giusto un attimo, chiamo Daniel e ci andiamo insieme. Daniel!" urlò, voltandosi.

Nell'attesa, preparò il caffè e mise un pasticcino nel forno. Daniel arrivò giusto in tempo e, dopo aver pagato, seguii Janet sul retro. Prese la chiave appena accanto alla porta e me la diede.

"Tutta tua, tesoro. Volevo giusto parlarti. L'altro giorno ho spiegato la situazione a Donovan e gli ho chiesto di aiutarti con i lavori, dato che si sta già occupando del B&B. Per ogni cosa, puoi chiedere a lui." Rimasi letteralmente a bocca aperta. "Sorpresa?"

Annuii piano, domandandomi perché lui non me l'avesse ancora accennato. Proprio non sapevo cosa pensare.

"Ehm, ma sei sicura? Allora lo pago per il disturbo."

Janet si strinse nelle spalle. "Tesoro, non credo venga a chiederti soldi, sai?"

Le sue parole mi fecero arrossire. "E come mai?"

"Perché secondo me gli piaci," rispose diretta.

Ormai sentivo il volto in fiamme.

Janet ridacchiò e mi strinse la spalla. "Tesoro, lui non mi ha detto nulla, è solo una mia sensazione. E poi vi ho visti l'altra sera."

Mi si strinse lo stomaco. Cos'è che aveva visto, esattamente? Non so che faccia feci, ma Janet gettò indietro la testa con una risata.

"Beh, vedo che avevo ragione. Tranquilla, non ho visto nulla di esplicito." Poi fece una pausa, guardandomi negli occhi. "Donovan è un brav'uomo. Tra i migliori che ci sono in giro. E tu meriti solo il meglio."

Mandai giù il groppo che mi strozzava la gola. Bevvi un sorso di caffè e strinsi più forte la busta che conteneva il pasticcino.

"Sarà, ma non credo che provi davvero qualcosa per me. Cioè, è partito per qualche giorno e non mi ha nemmeno spiegato il motivo."

Un vortice di emozioni mi assalì e sentivo di non voler continuare la conversazione. Janet l'adoravo e le volevo bene come fosse una zia. Ma non potevo comunque scoppiare a piangere per Donovan di fronte a lei.

Buttai giù un altro sorso di caffè, cercando di allontanare quell'uomo dai miei pensieri. Janet inclinò la testa di lato e sospirò profondamente, studiandomi il volto.

"Tesoro, non so perché l'abbia fatto, ma so che non è uno stronzo. Sono sicura al cento per cento che non si prenderebbe mai gioco di te alle tue spalle. E sai perché? Perché altrimenti dovrebbe vedersela con me. E, fidati, sono molto peggio di tuo fratello. Però se dovesse trattarti di merda gli toccherebbe vedersela con Levi, dato che sono amici. Non so perché sia partito, ma so che è un cocco di mamma. Lo viene a trovare ogni anno, da quando si è trasferito qui. Donovan tiene molto alla sua famiglia, l'ho visto con i miei stessi occhi. Magari è successo qualcosa e non ha avuto tempo di spiegarti la situazione. Dalla tua faccia è evidente che tra di voi ci sia qualcosa."

Annuii e sorseggiai di nuovo il caffè per evitare di dire qualcosa di stupido. "Quando torna lo cerco io, così possiamo metterci d'accordo per organizzare lo studio. Ho bisogno di alcuni scaffali e di un tavolo da lavoro al centro della stanza. Può andar bene?" le chiesi, cambiando completamente argomento. Proprio non mi andava di speculare su Donovan. *Non* potevo assolutamente farmi troppe illusioni.

Janet mi strinse di nuovo la spalla. "Ehi, te l'ho già detto. Puoi fare tutto quello che vuoi."

La abbracciai forte. "Grazie mille. Quando mi entrano un po' di soldi decidiamo cosa fare con l'affitto, ok?"

In quel momento, qualcuno chiamò il suo nome. Mi fece l'occhiolino e si voltò. "Certo," rispose, uscendo dal garage per tornare nel locale.

Quando la porta si richiuse alle sue spalle, rimasi da sola in quello spazio vuoto e silenzioso. Girai lentamente su me stessa, ancora stupita che Donovan avesse accettato di aiutarmi. In realtà avevo già pensato di chiedergli una mano, eppure proprio non capivo perché non mi avesse mai accennato nulla. Magari voleva fosse una sorpresa. O magari lo trovava troppo insignificante.

Le mie insicurezze erano tornate a tormentarmi incessantemente. Tutto quel sesso pazzesco mi aveva riempito la testa di illusioni. Non sapevo più a cosa credere. Avevo scoperto a mie spese di non essere molto brava a giudicare gli uomini.

Con un sospiro mi voltai per andarmene, chiudendomi la porta alle spalle.

Capitolo Venticinque

DONOVAN

In piedi accanto al letto d'ospedale, guardavo Bill. Aveva il corpo collegato a un intreccio di tubi, mentre il ronzio e i bip dei macchinari colmavano il silenzio.

Bende e lenzuola nascondevano le ustioni, che a detta del team medico ricoprivano l'ottantacinque percento del corpo. Durante una missione in California la sua squadra era rimasta intrappolata in un burrone, dove il vento aveva trasportato le fiamme. Bill non era riuscito a salvarsi in tempo e l'attrezzatura d'emergenza non aveva sopportato il calore del fuoco.

Nonostante i nostri trascorsi, era stato il mio migliore amico per anni. Vederlo in quelle condizioni mi spezzava il cuore. Qualche ciuffo di capelli spuntava sulla testa, il viso sereno nel sonno. L'avrebbero tenuto in coma farmacologico finché non ci fosse stato qualche progresso.

Avrei tanto voluto vederlo sorridere di nuovo. Sul lavoro, si poteva sempre fare affidamento su di lui. Non eravamo finiti nella stessa squadra, ma l'addestramento l'avevamo completato comunque insieme.

Avvolsi le dita attorno alla sbarra del letto, racimolando un po' di coraggio. "Sono qui, Bill. Sappi che era da un po' che volevo chiamarti. Perché mi manchi tantissimo, cazzo. Capita a tutti di fare stronzate, ma l'ho capito molto tardi. So che ti sei sentito terribilmente in colpa e mi dispiace un casino per non averti mai dato una seconda opportunità. Spero davvero che tu riesca a tornare da noi, ma so che la situazione è a dir poco tragica."

Dovetti fermarmi un attimo perché l'emozione mi stava serrando la gola. Con le lacrime agli occhi, realizzai che non avevo pianto neanche dopo aver scoperto il loro tradimento. Allora, mi ero soltanto incazzato come una belva. Ma in quel momento invece stavo piangendo per il mio amico, con cui probabilmente non avrei mai potuto fare pace. Se non fosse stato per la medicina moderna, non avrei mai potuto neanche confessargli ciò che gli avevo appena detto.

Gli posai una mano sul braccio, nascosto sotto il lenzuolo. Mi sentivo terribilmente in colpa, soprattutto perché avevo aspettato così tanto tempo per andare a trovarlo.

Non mi consideravo un uomo pio, ma da bambino la mia mamma mi aveva portato in chiesa tutte le settimane. Ogni tanto però mi ritrovavo a pregare, proprio come in quel momento. Desideravo soltanto che smettesse di soffrire. Sul mio lavoro avevo visto la morte in faccia fin troppe volte, quindi ormai avevo imparato ad accettarla. Faceva parte della vita, quindi era inevitabile. Forse il momento di Bill era arrivato, ma volevo almeno che non soffrisse.

I suoi genitori stavano prendendo in considerazione l'idea di staccare la spina, ma la decisione era troppo ardua. Per quanto continuassi ad aggrapparmi alla speranza che riuscisse a riprendersi, se proprio era giunta la sua ora speravo almeno che si spegnesse da solo.

Passai delicatamente la mano sul suo braccio. "Beh, quando mi hai chiamato anni fa mi hai detto la tua. Non so se riesci a sentirmi, ma sappi che finalmente mi sono lasciato tutto alle spalle. Katie non è mai stata la ragazza giusta per me. E nemmeno per te, infatti te ne sei reso conto presto. Vorrei tanto poterti presentare Jasmine. È una donna incredibile. Sai, dovrei quasi ringraziarti per aver usato il cazzo invece del cervello, tutti quegli anni fa. Altrimenti rischiavo di sposare davvero Katie e non avrei mai conosciuto Jasmine. Mi mancherai tanto."

Finito il discorso, qualcuno bussò alla porta ed entrarono un'infermiera e il dottore, che parvero sorpresi di vedermi.

"I suoi genitori mi hanno fatto entrare per qualche minuto," spiegai loro.

L'infermiera mi rivolse un sorriso gentile. Che capisse o meno come mi sentivo, riuscivo comunque a percepire tutto il suo calore.

"Vuole qualche altro minuto?" mi chiese il dottore.

"No, ma grazie comunque," risposi, uscendo in corridoio per tornare in sala d'attesa dai miei genitori e quelli di Bill.

Mia madre si alzò e mi abbracciò forte come quando ero bambino, o almeno ci provò. Ormai avevo trentatré anni e la superavo in altezza di almeno mezzo metro. Ma per lei non aveva importanza. I suoi caldi abbracci riuscivano a scaldarti il cuore e li riservava per i momenti più difficili, quando le parole non sarebbero servite a niente.

Nonostante il dolore che mi attanagliava il cuore, stranamente mi sentivo di nuovo me stesso. Guardando indietro, la mia rabbia nei confronti di Bill era stata più che giustificata. Però mi aveva offerto le sue scuse. Scuse che io avevo liquidato perché ancora faceva troppo male. Ma col tempo quell'astio si era perso.

Mia madre mi lasciò andare, gli occhi lucidi dalle lacrime. Un senso di disperazione e di dolore aleggiava nell'aria.

Capitolo Ventisei

JASMINE

Un tovagliolo mi volò sopra, rimbalzando sulla spalla per ricadere sul grembo di Maisie, seduta accanto a me. Con una risata, lo raccolse e lo rilanciò a Lucy, che si stava lamentando come una disperata delle cosiddette "limitazioni" della gravidanza.

Maisie, madre già di due bambini, alzò gli occhi al cielo. "Mamma mia, sei proprio allucinante. Ma che limitazioni e limitazioni? Sei solo alla fine del primo trimestre e pare quasi la fine del mondo. Hai giusto un accenno di pancia, ma perché sei tanto minuta. Io sono un bel po' più in carne," commentò, battendosi una mano sulla coscia. "E le due gravidanze non hanno di certo aiutato, quindi risparmiami le tue lagne."

Anche Amelia alzò gli occhi al cielo. Aveva qualche anno in più di me, ma la conoscevo comunque piuttosto bene. Era nata e cresciuta a Willow Brook, mentre io mi ero trasferita in paese soltanto all'inizio delle superiori. Inoltre, a differenza mia, non se n'era mai andata.

Si intromise nella conversazione. "Appunto. Al

lavoro non è cambiato proprio niente, c'è solo Levi che le sta sempre col fiato sul collo."

Mi voltai verso Lucy con un sorriso. "Per fortuna che adesso ci sei tu, così non sta più incollato a me."

Lucy sospirò, sistemandosi la coda di cavallo. "Eh, già. Prima o poi ci farò l'abitudine, ma santo cielo, mi tratta come se fossi la prima donna che resta incinta sulla faccia della Terra."

Amelia le diede una leggera gomitata. "Pensa che tu ti lamenti tanto quanto lui si preoccupa per te."

Lucy le fece la linguaccia, cominciando a mescolare le carte. La conversazione passò oltre e mi guardai intorno. Ci trovavamo a casa di Cade e Amelia, dove ogni tanto le ragazze si riunivano per giocare a carte, serate a cui mi avevano costretta a partecipare.

Oltre ad Amelia e Lucy c'era anche Maisie, che conoscevo da molto poco. Si era trasferita a Willow Brook alla morte di sua nonna, che le aveva lasciato la casa in eredità. Anche lei aveva sposato un pompiere, Beck Steele, membro della squadra di Cade.

C'era anche Ella Masters, la sorella minore di Cade. Avrebbe sposato a breve Caleb, il suo fidanzatino ai tempi delle superiori. Avendo la mia stessa età, era la ragazza del gruppo che conoscevo meglio. Durante gli anni di scuola mio fratello era molto amico di Cade, quindi anche noi due ci eravamo ritrovate più volte a passare del tempo insieme. Proprio come me, anche Ella aveva lasciato il paesino per qualche anno. Al suo ritorno, aveva ritrovato l'amore della sua vita.

Un'altra nuova arrivata era Charlie Lane, o meglio, la dottoressa Lane. Pure lei, come le altre, era in una relazione con un pompiere, Jesse Franklin. Inizialmente le sue maniere mi avevano intimidita, ma in realtà era una donna molto gentile e pratica. Aveva qualche anno in più di noi e un sottile senso dell'umorismo.

Parlando dei ragazzi, qualcuno disse che la squadra di Levi sarebbe partita a breve per una missione. Al che, Lucy si rivolse a me. "Per caso sai quando torna Donovan? Vivete entrambi al B&B di Janet, no?"

Sentii le guance in fiamme e bevvi un sorso di birra per celare il rossore. "A me risulta che torna domani," risposi, cercando con estrema difficoltà di mantenere il tono più piatto possibile.

Lucy annuì e prese il bicchiere d'acqua, alzando gli occhi al cielo. "Che scocciatura non poter bere nulla. Non sono un'ubriacona, ma mi piace farmi una bella birretta nel weekend," mormorò.

Maisie esplose in una risata. "Resisti, ti mancano solo sei mesi."

Lo sguardo indagatore di Amelia si posò su di me. "Ma senti un po', cos'è che c'è tra te e Donovan?" mi chiese.

Ma che diamine? Come fa a sapere che tra di noi c'è qualcosa?

Mentre mi scervellavo per trovare una risposta adeguata Maisie mi guardò, le guance paffute increspate da un sorriso. Con i riccioli selvaggi, il viso puntellato di lentiggini e due grandi occhi marroni era proprio adorabile. "Sì, appunto. *Cosa* c'è tra te e Donovan?"

Provare a nascondere il rossore che mi bruciava le guance era ormai una causa persa.

Un sorriso aprì il viso di Lucy. "Su, confessa. Non preoccuparti, ci penso io a fare da tramite tra lui e Levi. So benissimo come gestirlo."

La parola "nulla" danzava sulla punta della lingua, ma nel mio cuore sapevo che tra di noi c'era *molto* di più. Ormai mi stavo innamorando davvero di lui, sempre che non lo fossi già. Qualcuno doveva averci visti insieme o sentito qualche voce, probabilmente da Janet.

Bevvi un altro sorso di birra e lasciai la bottiglia sul tavolo, cominciando a giocherellare con l'etichetta. "Non saprei. Perché questa domanda?"

Il sorriso di Amelia si allargò. Con capelli e occhi colore dell'ambra, era alta e slanciata. Incuteva quasi timore, ma dopo averla conosciuta meglio mi ero ricreduta. "Secondo Janet siete cotti l'uno dell'altra," mi spiegò.

"Sai quanto le piace rivestire i panni di Cupido," intervenne Ella, con un luccichio di comprensione negli occhi. Ormai mi avevano messa all'angolo, quindi potevo soltanto rassegnarmi.

Mi voltai verso Lucy. "Vedi di non dire niente a Levi."

"Non gli darò alcun indizio, ma se viene a farmi domande non posso mentirgli. Donovan è un ragazzo favoloso, quindi..." Lascò la frase in sospeso, con un sorrisetto furbo sulle labbra.

Sospirai. "Allora, diciamo che tra di noi c'è stato qualcosa, ma..."

"Qualcosa cosa?" cinguettò Maisie, strappando una risata a Charlie.

Presi una *tortilla* di mais dalla ciotola in mezzo al tavolo e versai un poco di salsa sul piatto. Tra un morso e l'altro mi strinsi nelle spalle, cercando le parole giuste per spiegare la nostra situazione. "Il fatto è che non lo so manco io. Probabilmente non c'è proprio niente. Se n'è andato all'improvviso e non so manco dove o perché. Il suo silenzio mi ha davvero aperto gli occhi."

Occhi curiosi mi fissavano da ogni angolo. Ella spezzò infine il silenzio. "Beh, se tra di voi non ci fosse nulla non ci saresti rimasta così male, no?"

Maisie annuì, facendo rimbalzare i riccioli. "Esatto. Quindi ritorniamo alla mia domanda. Che cosa c'è tra di voi?"

"Sesso," risposi senza troppi giri di parole. "Tanto sesso."

Charlie eruppe in una risata fragorosa e si scusò all'istante. "Oddio, scusami. Era divertente il modo in cui l'hai detto, non quello che hai detto."

Il rossore cominciò a svanire perché ormai avevo accettato il mio destino, non potevo più nascondermi. Mangiai un'altra *tortilla*. "Beh, alla fine è tutto lì. Ci frequentiamo da poco e non ci capisco un granché, ma secondo me se avesse voluto qualcosa *di più* mi avrebbe spiegato la situazione. A quanto pare non mi ritiene abbastanza importante, quindi devo smetterla di farmi illusioni. Ormai è risaputo che non ho fortuna con gli uomini."

Lucy mi scoccò un'occhiata, ma prima che potesse dire qualcosa la anticipò Amelia. "Beh, Janet dice che gli piaci. E molto. Donovan è un bravo ragazzo. Sta sempre sulle sue e non è affatto uno sciupafemmine. Non credo sia tipo da relazioni."

Maisie strinse le labbra e inclinò la testa di lato, arricciandosi una ciocca di capelli attorno al dito. "No, infatti. Ed è *davvero* un bravo ragazzo, affidabile e solido come la roccia. In caserma è proprio un piacere averlo intorno. È proprio un tesoro con Emily," disse, riferendosi alla nipote di Charlie.

"Sì, davvero. È venuto ad aiutare Jesse con uno dei nostri pick-up, poi è sempre tanto paziente con lei. Em li adora tutti quanti, lì in caserma. Li ammira molto e ormai sono diventati un po' come degli zii adottivi," aggiunse Charlie.

"Così non mi aiutate, ragazze. Non potete stare qui

a dirmi quanto è meraviglioso, dai. Ho bisogno di schiarirmi le idee, altroché," mormorai.

"Perché sei così arrabbiata con lui?" mi chiese curiosa Lucy, gli occhi azzurri fissi nei miei.

Giocherellai con una *tortilla*, facendola roteare tra le dita. "Non lo so, in realtà. Lui non ha mai alluso di provare qualcosa per me. Neanche io sono sicura dei miei sentimenti, però il fatto che se ne sia andato così, senza dire nulla, mi ha comunque ferita. Diciamo che faccio fatica a fidarmi di una persona del genere. Ma in questi giorni mi sento proprio un'idiota. Magari sono pure impazzita. Forse lo sto solo usando per dimenticare il passato. È passato giusto un mesetto da quando ho trovato Glen che si scopava Lisa."

Maisie intervenne senza permettermi di continuare. "Donovan non ti farebbe mai nulla del genere. Non che lo conosca intimamente, ma so che è un uomo molto affidabile e un vero cocco di mamma. I suoi genitori vengono a trovarlo ogni anno e passano sempre in caserma. L'anno scorso sua mamma gli ha portato una torta al cioccolato pazzesca fatta da lei. Credimi, era divina. Dovresti vederlo quando sono insieme. Scommetto che per lei sarebbe disposto a tutto. Pensa che la chiama *mami*. Troppo adorabile!"

"Per non parlare di quell'accento sexy del sud," aggiunse Ella.

"Dai, ragazze, basta. Se per lui contassi qualcosa mi avrebbe detto subito perché doveva partire. Non voglio fiondarmi di testa in una relazione e..." Mi fermai, la gola serrata dall'emozione.

Stavo per dire *e innamorarmi*. Mi corressi, concludendo la frase. "E sviluppare una dipendenza dal sesso."

"Oh, quindi direi che fate sesso da urlo," commentò Amelia, con un sorrisino malizioso.

Presi in mano un tovagliolo e lo appallottolai per lanciarglielo contro.

Lucy si intromise nel battibecco. "Senti, non sarò un'esperta, ma mi dicono che mi metto sempre troppo sulla difensiva."

Una risata generale si sollevò. Lucy la adoravo proprio tanto e ormai era diventata praticamente una sorella. Ma nessuno l'avrebbe mai accusata di essere una donna debole o poco risoluta. Levi si sentiva sicuramente l'uomo più fortunato del mondo per avere una donna come lei al suo fianco e magari faceva ancora fatica a crederci.

Lucy ci fulminò tutte con lo sguardo e la risata si soffocò, poi lei continuò. "Comunque sia, a me pare proprio che Donovan ti piace. Non credo proprio che tu lo stia sfruttando per dimenticare il passato, sai? Secondo me Glen non l'hai mai amato davvero, te n'eri soltanto convinta. Altrimenti saresti davvero distrutta per la separazione. Cioè, se scoprissi che Levi mi tradisce..."

Si fermò e Maisie mi diede una leggera gomitata. "In quel caso volerebbero calci e pugni."

Lucy alzò gli occhi al cielo. "Ah, beh, non risparmierei nessuno, figuriamoci lui. Però mi spezzerebbe proprio il cuore. Con Glen, beh, ha ferito i tuoi sentimenti e ti senti una sciocca, ma almeno sai di esserti salvata in tempo. Ma ti assicuro che Donovan non ti tradirebbe mai e qui dentro possiamo garantire tutte quante. Non è quel genere di uomo."

Nonostante le loro parole, mente e cuore erano ancora in lotta tra loro. Dopo qualche altro commento, per fortuna le ragazze parvero capire che non me la sentivo di continuare a parlare di lui.

Più tardi Lucy mi accompagnò al B&B, dato che non aveva bevuto. Salendo le scale mi sentivo schiacciare dal peso dell'assenza di Donovan. Era un dolore lancinante, una pugnalata al cuore che bruciava nel profondo. I primi due giorni aveva provato a contattarmi, ma poi era scomparso. Stavo provando a rimettere ordine tra le idee, cercando di dare un senso a quella distanza che si era creata tra di noi. Ero stata io a non richiamarlo, quindi magari aveva preferito darmi spazio. Non gliel'avevo chiesto espressamente, ma quel rifiuto passivo poteva avergli dato l'impressione sbagliata.

Entrai nella suite, calciai via gli stivali e lasciai cadere la borsa per terra. A piedi scalzi, arrivai alla finestra per ammirare il panorama serale della Main Street. Agosto era proprio dietro l'angolo e le giornate avevamo cominciato ad accorciarsi. Erano passate da poco le nove e il sole stava svanendo dietro le montagne, lasciandosi dietro striature dorate e arancioni, mentre l'oscurità avanzava.

La mezza luna si rifletteva sulle acque del lago di Swan, creando giochi di luce argentati. Inspirai a pieni polmoni ed espirai profondamente. Era proprio tanto bello essere di nuovo a casa. Mi sentivo pure sollevata, un sentimento che non mi aspettavo affatto dopo essere tornata con la coda tra le gambe. L'unico problema era Donovan, o meglio, il fatto che non riuscissi mai a pensare lucidamente quando si trattava di lui.

Mi addormentai da sola al centro del letto, sognando di poterlo fare di nuovo tra le sue calde braccia. Il giorno seguente, la mancanza di sue notizie riaccese in me la rabbia. Onestamente avevo un bel caratterino, a cui in quel momento si aggiungeva anche il dolore che stavo provando. Per quanto provassi a convincermi che una reazione simile fosse a dir poco esagerata, ormai era una causa persa.

Ma a un certo punto ricevetti un messaggio. Di Donovan. Mi avvisava che quel pomeriggio sarebbe atterrato ad Anchorage. Dopo quattro giorni nel limbo, lo ignorai.

Capitolo Ventisette

DONOVAN

L'aereo atterrò sulla pista, sballottandoci un poco. Mi voltai verso il finestrino a osservare il panorama che ci sfrecciava accanto, finché non apparve l'aeroporto. Dopo l'avviso del pilota accesi subito il telefono, nella speranza di trovare una risposta di Jasmine. Ma non trovai niente.

Un cazzo di niente.

Avevo il sospetto che ce l'avesse con me, riuscivo quasi a sentirlo. Dovevo assolutamente parlarle e volevo farlo faccia a faccia. Sapevo che avevamo corso troppo. Mi ero già innamorato di lei e non c'era alcun dubbio nel mio cuore. Però l'incidente di Bill mi aveva scombussolato profondamente. Avevo bisogno di tempo e di spazio per metabolizzare il tutto, o almeno una parte.

In quei quattro giorni passati a Denver si erano spente tutte le nostre ultime speranze. I suoi genitori avevano deciso di staccare la spina e risvegliarlo dal coma farmacologico. Per quindici tremendi minuti era tornato con noi, l'aria serena.

Avevo potuto dirgli addio e rivedere per un'ultima

volta un accenno del suo vecchio sorriso. Col cuore colmo di dolore, l'avevo lasciato spegnersi in compagnia dei suoi genitori.

Durante quelle lunghe giornate ero riuscito almeno in parte ad accettare la sua morte, dopo averlo visto così in pace. Ma l'intrusione di Katie nel mio dolore mi aveva colto alla sprovvista. Chissà com'era che aveva saputo dell'incidente, probabilmente tramite i social. Neanche sapevo che vivesse in Colorado. Ci si era trasferita con Bill, prima della loro rottura. Si era presentata in ospedale, l'aveva pianto e poi aveva perfino avuto l'ardire di venire a chiedermi scusa per avermi tradito con lui. Quella donna era una vera vipera. Con che coraggio poteva provare a riconquistarmi proprio lì, mentre Bill era sul punto di morte? La sua patetica scenetta non aveva fatto che confermare tutto ciò che pensavo sul suo conto.

Quell'incontro però mi aveva aperto gli occhi e realizzai che in realtà non l'avevo mai amata davvero. Ai tempi ero troppo giovane per comprendere il concetto di amore. Volevo soltanto trovare anche io ciò che avevano i miei genitori e mi ero lasciato guidare dall'uccello. Come se avesse un cervello... o un cuore. Ma no, ovviamente. Katie non aveva perso il suo fascino, con i lunghi capelli scuri, gli occhi azzurri e il fisico slanciato. Però io invece ero un uomo diverso, adulto e maturo.

Avevo lasciato che si sfogasse e le avevo augurato ogni bene.

Rivedere Katie aveva riportato tutta la mia attenzione su Jasmine. Mi mancava da morire e non vedevo l'ora di tornare a casa, di tornare da lei.

Però, per qualche motivo, mi aveva allontanato. Dei sospetti ce li avevo, anche se ancora non avevamo mai parlato seriamente di quella rete di intimità che ci aveva catturati, tenendoci stretti l'uno all'altra.

Dovevo vederla.

Appena atterrati ad Anchorage, le scrissi un messaggio. *Sarò a casa tra un'oretta. Dobbiamo parlare.*

Noleggiai un'auto e mi misi subito in viaggio verso Willow Brook. In vita mia mi ero sentito a casa soltanto due volte. In Georgia, con le sue strade tortuose tra i monti, le estati umide e il cibo di mia madre. L'avevo lasciata da molto giovane, convinto che non avrei mai più trovato un posto come quello. Ma poi ero giunto a Willow Brook.

Uscendo da Anchorage, con la città alle mie spalle, un senso di pace mi avvolse. Nonostante il dolore, le emozioni sottosopra e tutti i dubbi riguardo a Jasmine, sapevo di aver trovato il posto giusto per me.

Era piuttosto tardi e il sole stava terminando la sua discesa dietro i monti. Di fronte a me, dove l'autostrada procedeva verso ovest, la catena montuosa risaltava contro gli acquarelli rosa e viola del cielo. La luce fioca del crepuscolo ammantava pesante il panorama, così simile al mio umore... un poco grigio e oppresso dal rimorso.

Rallentai di fronte a una famiglia di alci che mangiucchiava le foglie di alcuni ontani sul ciglio della strada. I piccoli avevano zampe lunghissime, che sfruttavano per farsi strada tra l'erba alta per raggiungere i rami che la mamma abbassava per loro. La luce argentata illuminava i campi di cameneri fucsia, creando un paesaggio etereo.

Feci un bel respiro profondo. Ero proprio contento di avere avuto l'occasione di dire addio a Bill. Mi sarebbe mancato sempre molto, ma finalmente ero riuscito a esorcizzare una volta per tutte l'amarezza che mi aveva seguito per anni.

Era giunto il momento di concentrarmi su Jasmine, di dirle ciò che avrei dovuto confessarle subito. Magari il tempismo non era mai stato dei migliori, magari l'avevo sempre vista troppo restia, magari invece avevo permesso al mio passato di trattenermi, ma era arrivato il momento di lasciarmi tutto alle spalle e dichiararle ciò che provavo davvero per lei.

Parcheggiai al B&B, realizzando soltanto allora che stavo trattenendo il fiato. La sua berlina azzurra era poco distante. Entrai a passo svelto, salendo i gradini due alla volta. La luce del corridoio era spenta. Lasciai il borsone davanti alla mia porta e mi voltai per bussare alla sua.

Silenzio. Allora bussai ancora. "Jasmine, sono io, Donovan. So che sei in casa."

Niente. Senza pensarci, afferrai la maniglia e provai a girarla, ma la porta era chiusa a chiave. Il bisogno di vederla era irrefrenabile e la mia pazienza era agli sgoccioli. Ero quasi tentato di buttare giù quella cazzo di porta. Avevo bisogno di lei, ma non solo per spiegarle il motivo della mia assenza.

Provai ancora e ancora a bussare e chiamare il suo nome, ma invano.

"Merda," mormorai.

Mi voltai dall'altra parte, travolto da un misto di dolore per la perdita di Bill e di frustrazione verso Jasmine. Non sarei rimasto lì a pregarla in ginocchio. Non quella notte.

Entrai a casa e mi buttai sotto la doccia. Dopo aver messo qualcosa sotto i denti filai a letto, dove la rabbia e la tristezza non mi conciliarono di certo il sonno.

Capitolo Ventotto

JASMINE

Quando il bussare incessante di Donovan si fermò, rimasi imbambolata a fissare la porta. Una parte di me aspettava impaziente che tornasse, però ero ancora furiosa.

Controllai di nuovo il telefono, dove il suo ultimo messaggio illuminava lo schermo. *Dobbiamo parlare.*

"Di cosa?" mormorai a voce alta.

La serata con le ragazze mi aveva lasciata ancora più confusa di prima. Ero una vera idiota. Ancora non mi aveva neanche detto che Janet gli aveva chiesto di aiutarmi con lo studio. Per qualche motivo, razionale o meno, la cosa mi dava molta noia. Se tra di noi ci fosse stato davvero qualcosa di serio ero convinta che non avrebbe aspettato così tanto per tirare fuori l'argomento.

Lui voleva parlare. Io no. Mi sentivo una vera stupida. Avevo accettato serenamente la separazione con Glen. Stranamente, riflettere sui miei sentimenti per lui aveva messo a fuoco ciò che provavo per Donovan. Tenevo a lui. E molto.

Ero un'idiota perché mi ero innamorata di un

uomo che non cercava una storia d'amore. Urrà! Un punto per il mio stupido cuore.

Quella notte feci fatica ad addormentarmi, troppo tesa e nervosa, sulle spine in attesa che Donovan tornasse a bussare alla porta.

Alla fine la stanchezza ebbe la meglio alle prime luci dell'alba, ma mi svegliai di soprassalto verso le dieci del mattino. Non era mio solito dormire fino a tardi. Dopo qualcosa come tre ore totali di sonno, ero assolutamente scombussolata.

Scivolai giù dal letto, il corpo travolto da un fremito. Donovan era tornato ed era a un corridoio di distanza da me. Le settimane successive non si prospettavano affatto facili. Mi ero ripromessa di non perdere la ragione e di fare un bel passo indietro, perché ormai c'ero dentro fino al collo. Probabilmente aveva pure una spiegazione valida per la sua assenza, ma la mia stessa reazione mi aveva aperto gli occhi.

Dopo una doccia rapida mi infilai dei jeans e una maglietta. Prima di tutto avevo bisogno di prendere alcune misure e recuperare il mio vecchio forno dal garage dei miei genitori.

Come una scema, uscii di casa in punta di piedi. Però ero convinta che Donovan se ne fosse già andato. Lucy mi aveva detto che quel giorno la squadra di Levi doveva occuparsi di un incendio controllato. Avvolta dal silenzio più totale, superai la porta della sua suite e corsi al piano di sotto.

Mi fermai prima al Firehouse a prendere un buon caffè, di cui avevo proprio tanto bisogno, e poi andai dai miei. Al mio arrivo, trovai mia madre sul portico che parlava con Lucy.

Il pancione era appena visibile sotto una delle magliette larghe che tanto amava indossare. Si voltarono entrambe quando cominciai a salire i gradini.

"Ehi, che si dice?" mi domandò Lucy.

Rispose mia madre. "È venuta a prendere il suo vecchio forno dal garage. No, tu *non* puoi aiutare," commentò, con un'occhiata severa.

Lucy alzò gli occhi al cielo. "Sai che lavoro in cantiere, vero?"

Mi feci una bella risata, contenta che per una volta mia madre stesse tormentando lei e non me. Arrivai al loro fianco e mi poggiai alla ringhiera. "Guarda, è un miracolo che Levi ti faccia lavorare," le dissi, facendole l'occhiolino.

"Mi... *faccia* lavorare?" ripeté Lucy, stringendo gli occhi.

Mia mamma ridacchiò. "Oh, tesoro, siamo solo tanto felici per voi."

Lucy fece un respiro profondo e alzò di nuovo gli occhi al cielo. "Anche io, ma non avevo messo in conto tutte queste ansie." Con una scrollata di spalle, cambiò argomento. "Comunque, hai capito un po' cosa c'è da fare per lo studio?"

"Janet ha chiesto a Donovan di occuparsi dei vari lavoretti, dato che la sta già aiutando," spiegai, cercando di non arrossire troppo.

Non volevo che anche mia madre scoprisse di noi due. Non ero preoccupata che Lucy si lasciasse sfuggire qualcosa, ma mia madre era una donna molto perspicace.

Lucy annuì, lo sguardo sorridente. "D'accordo, ma se hai bisogno di una mano sai dove trovarmi."

Per fortuna squillò il telefono di mia madre, che si allontanò per rispondere. Lucy invece mi seguì in garage, dove mi mise subito all'angolo. "Allora, che succede tra te e Donovan?"

"Niente," risposi, con un'alzata di spalle.

"È tornato?"

Annuii senza manco rendermene conto. "Sì, ieri notte," risposi concisamente.

"Ci hai parlato?"

"Non ancora."

"Guarda che non puoi evitarlo in eterno."

La fulminai con lo sguardo, poggiandomi la mano sul fianco. "Lo so. Però era tardi. Tanto lo vedrò presto, di sicuro."

"Di solito non mi piace ficcare il naso negli affari degli altri, ma qui sento di dovermi sbilanciare. È ovvio che ti piace. Non fare la stupida," affermò, lo sguardo serio.

In quel momento arrivò mia madre, dalla porta che dava sulla cucina. "Ti serve una mano, tesoro?"

Mi avvicinai di corsa all'angolo in cui c'era il forno. "Ce la faccio da sola, mamma. Tanto non lo porto via oggi. Volevo solo controllare che fosse accessibile."

Lucy mi seguì, ma mia madre la allontanò prima che potesse anche solo toccare qualcosa. Mi feci una risata a sue spese.

Realizzai il mio errore nel momento stesso in cui si voltò a guardare mia madre. "Tu Donovan lo conosci?"

"Ma certo che sì," rispose mia mamma. "Sta aiutando Janet con il B&B." Un attimo dopo le si accese una lampadina. "Oh, non ci avevo ancora pensato! È il tuo vicino di casa, no? Ah, Donovan è proprio un bravo ragazzo. Per Janet è stato davvero una manna dal cielo. Per fortuna che i lavori di casa sua non sono ancora terminati, così può occuparsi del B&B senza doverle chiedere un soldo. I materiali costano già una fortuna, quindi il suo aiuto è fondamentale. So che è sempre molto impegnata con il bar e che i soldi non le mancano, ma non voglio che si preoccupi per queste cose."

"La casa sarà pronta presto," dichiarò Lucy, catturando la mia attenzione.

Incrociò il mio sguardo, con un sorriso sulle labbra. "Non lo sapevi? I lavori li stiamo terminando noi. Ha cominciato da solo l'estate scorsa, ma tra una missione e l'altra ci avrebbe messo un'eternità. Quindi alla fine ha ingaggiato noi. Un altro mesetto e dovremmo esserci. Ti consiglio di sfruttarlo al massimo, finché puoi."

Le parole di Lucy non implicavano niente di ambiguo, ma sapevo che non mi avrebbe lasciata in pace finché non gli avessi parlato. Mi voltai e rimossi alcune scatole dall'angolo, fino ad arrivare a quella sul fondo. "Eccolo qui," dissi, girandomi a guardarle con un sorriso.

Spostai le altre scatole e tirai fuori il metro per misurarlo, inserendo le dimensioni nelle note del telefono.

"Perché lo misuri?" mi chiese Lucy.

"Devo prendere un supporto. Ormai sono anni che non lo uso più, questo forno, quindi non ricordavo le misure."

Entrammo in cucina e grazie al cielo riuscii a distogliere l'attenzione da Donovan. Arrivate al tavolo, mia madre ci offrì del caffè.

Lucy sospirò tristemente. "Per me niente, grazie." Si carezzò il ventre. "Senza alcolici riesco a sopravvivere, ma il caffè mattutino mi manca proprio tanto."

"Oh, vedrai che recupererai presto tutto quello perso," aggiunse mia madre. "Quando il piccoletto sarà nato ne avrai bisogno, tra una notte insonne e l'altra."

Controllai l'orologio. "Io devo andare. Voglio dare un'occhiata al garage di Janet e prendere qualche altra misura."

"Esco con te," disse Lucy.

Mia mamma ci baciò sulle guance e la salutammo. Mentre scendevamo le scale, Lucy mi diede una gomitata sul fianco.

"Non fare la scema, ok? Guarda che se continui così glielo dico a Levi."

"Cos'è che vorresti dirgli?" le chiesi, voltandomi a guardarla.

Scoppiò a ridere. "Ma no, non gli dico nulla. Però magari così ti daresti una bella svegliata."

"Ma che ti è preso? Di solito sei più tipa da vivi e lascia vivere. Perché stavolta non molli l'osso?" le domandai, onestamente curiosa.

Il suo sorrisino malizioso si spense. "Non lo so. Sarà che Donovan mi piace molto. È proprio un bravo ragazzo e so che provi qualcosa per lui. Dopo quello stronzo di Glen meriti un uomo che ti rispetti."

"Sì, certo. Ma non si sa mai, potrebbe..." Mi fermai quando la vidi alzare gli occhi al cielo.

"No, non so leggere il futuro. Hai ragione. Non so neanche se prova davvero qualcosa per te." Mi morsi la lingua perché era riuscita a leggermi nel pensiero. "Però secondo me vale la pena provare almeno a parlarci," concluse.

Detto ciò le squillò il telefono e, dopo un rapido abbraccio, si allontanò.

Tornai in città e parcheggiai al B&B per poi andare nel garage sul retro del Firehouse. Presi qualche misura che mi serviva finché non mi cadde lo sguardo sull'orologio. Cristo, non vedevo proprio l'ora di completare i lavori. Quel giorno avrei dato qualunque cosa per potermi abbandonare nella ceramica. Così almeno avrei smesso di pensare a Donovan.

Invece tornai di corsa al B&B per recuperare alcuni prodotti per la pulizia che Janet teneva al piano di sotto. Potevo usare ciò che volevo, a patto di ricomprare i prodotti finiti. Una ventina di anni di polvere ricopriva qualunque superficie del garage, quindi le pulizie richiesero qualche ora.

Soltanto la sera mi resi conto di aver lasciato la borsetta con l'inalatore al B&B, ma con le porte e le finestre del garage aperte non avevo avuto problemi. Si era comunque fatto tardi, quindi tornai a casa sporca e impolverata, pronta per una doccia calda. Varcata la soglia del B&B, venni travolta da una nuvola di segatura. Donovan stava lavorando lì al piano di sotto. Essendo entrata dal retro, non avevo neanche notato il suo pick-up nel parcheggio.

La segatura mi inondò le narici e cominciai a tossire violentemente. Sentivo che rischiavo il secondo attacco d'asma nel giro di poche settimane. L'inalatore era al piano di sopra e col rumore della sega che riempiva l'aria era improbabile che Donovan mi avesse sentita arrivare.

Incominciai ad ansimare, cercando di riprendere fiato, quando all'improvviso percepii la sua presenza. Prendendomi tra le braccia, mi strinse a sé.

"Jasmine? Che diamine succede?" mi domandò, il tono preoccupato.

Però non riuscivo a rispondergli. Facevo fatica a respirare e mi bruciavano i polmoni. Gli lanciai un'occhiata e in quel momento comprese tutto da solo. Essendo un hotshot era addestrato anche per le emergenze mediche. Mi lasciò a terra e corse al piano di sopra, facendo risuonare ogni passo sui gradini.

Mentre boccheggiavo per riempire d'aria i polmoni, lui tornò al mio fianco nel giro di qualche secondo. Avvicinò l'inalatore alla bocca e inspirai profondamente, riuscendo a riportare ossigeno in corpo.

Qualche altra boccata e il respiro si stabilizzò.

Volevo dirgli che dovevo uscire da lì il prima possibile, perché l'aria trasportava fin troppa segatura.

Ma non ci fu bisogno di spiegargli nulla. Vedendomi più tranquilla, mi prese in braccio e mi portò al piano di sopra.

Neanche mi chiese dov'è che volessi andare, ma tanto a me bastava restare accoccolata tra le sue braccia. Aprì la porta della sua suite con un calcio e mi portò dentro per lasciarmi sul divano e darmi un'altra dose di inalatore.

Ero tutta sudata e come al solito mi sentivo piuttosto stordita. Era una sensazione strana, una combinazione tra la mancanza quasi totale di ossigeno e l'estasi di poter respirare di nuovo.

Grazie al cielo che c'era Donovan lì con me. Era seduto al mio fianco, in silenzio. Quando rotolai la testa verso di lui, trovai i suoi occhi colmi di ansia.

"Ti senti meglio?" domandò, la voce ruvida.

Annuii. "Mh-mmh," mormorai, la gola troppo secca per parlare.

Posai lo sguardo sull'inalatore che teneva in mano. "Quello non è mio."

"No, l'ho preso da un kit medico che ho qui a casa, ben rifornito. D'ora in poi terrò sempre uno di questi di scorta," rispose.

Restammo a fissarci negli occhi. Nonostante il capogiro, ero proprio tanto, *tanto* contenta di vederlo. Gli poggiai la testa sulla spalla e lui mi stampò un bacio sulla fronte.

Un vortice di emozioni mi travolse, più intense del normale. Magari era tutta colpa dell'attacco d'asma, che mi lasciava sempre come ubriaca per qualche minuto. Ma ero così sollevata di avere lui al mio fianco da dimenticare tutta quanta la frustrazione, per rilassarmi completamente.

Dopo qualche respiro tremolante, col suo braccio drappeggiato attorno alle spalle mentre mi carezzava i capelli, trovai di nuovo la forza di parlare.

"Grazie."

"Non devi mica ringraziarmi," mormorò, e le vibrazioni del suo petto mi fecero tremare tutta. Come al solito, il mio corpo reagiva alla sua mera presenza. "Certo che potevi dirmelo prima che soffri d'asma."

Mi strinsi nelle spalle, affondando un poco nel suo petto. "Cerco sempre di non pensarci, tanto gli attacchi si sono fatti sempre più rari. Infatti fino a poco fa stavo pulendo il mio studio dalla polvere."

Mi stava ancora accarezzando i capelli. La tensione che mi aveva seguita per giorni si allentò e il sollievo di riaverlo lì a casa con me era immenso. L'emozione mi stringeva la gola, mentre lacrime calde bruciavano gli angoli degli occhi. Soltanto Donovan riusciva a farmi quell'effetto. Abbassò lo sguardo nel momento stesso in cui io lo sollevai. I nostri occhi si incrociarono e lui notò subito il luccichio nei miei.

"Perché piangi?" mi chiese, osservandomi con aria preoccupata.

La verità scivolò fuori dalle mie labbra. "Mi sei mancato."

Avrei voluto rimangiarmi subito quelle parole, giustificarmi. "Ah, scusami, dopo un attacco d'asma mi sento sempre un poco stordita. È normale che dica cose strane," mi corressi in tutta fretta, incespicando sulle parole.

Donovan all'inizio non disse nulla, concentrato a guardarmi. Eravamo seduti sull'estremità del divano. Voltò il corpo verso il mio, poggiando la schiena al bracciolo. Sollevò poi l'altra mano e mi spostò dei capelli dietro l'orecchio, liberando la fronte. Il contatto mi fece venire la pelle d'oca e un'ondata di calore mi travolse.

"Mi sei mancata anche tu," rispose, mentre un lampo gli attraversava gli occhi. "Avrei dovuto spiegarti subito perché sono partito così all'improvviso. Un mio vecchio amico è rimasto ferito sul lavoro. È morto."

"Oh, Donovan, mi dispiace tanto. Non lo sapevo."

Un profondo senso di colpa mi assalì.

"Certo che non lo sapevi. Non te l'ho detto. All'inizio sembrava ci fosse qualche speranza, ma poi un'infezione ce l'ha portato via."

Senza sapere cosa dire, gli presi la mano e strinsi dolcemente.

"Io e Bill avevamo un passato complicato. Da giovani era il mio migliore amico, quindi poi abbiamo frequentato insieme sia l'università che l'addestramento a hotshot. Ma una volta, ritornato a casa dopo giorni di missione, l'ho trovato insieme alla mia fidanzata. Da quel momento, il nostro rapporto è andato in frantumi."

Il suo sguardo incrociò il mio, il verde velato da un profondo rimorso. Pensare a quanto doveva aver sofferto mi strinse il cuore. E lo capivo benissimo, dato che avevo vissuto praticamente la stessa cosa. Però Lisa era più una conoscente, non la mia migliore amica di tutta una vita.

Gli dissi l'unica cosa che mi venne in mente in quel momento. "Mi dispiace."

Lacrime di dolore gli facevano brillare gli occhi, mentre il pomo d'Adamo saliva e scendeva lungo la gola. "Già, è stato terribile. Dopo un po' di tempo lei ha tradito pure lui, quindi mi ha chiamato per chiedermi scusa." Il suo tono di voce era privo di rancore, come se ormai si fosse messo il cuore in pace. "Però allora ero ancora troppo furioso per accettare le sue scuse. Adesso capisco perché ho sempre evitato di parlarne. Ci sono rimasto troppo di merda e non mi sono mai preoccupato di riallacciare i rapporti con lui. E ora è morto. Diciamo che l'ho accettato, però rimane comunque una bella schifezza."

Si fermò e portò indietro la testa, passandosi l'altra mano tra i capelli. Prese un respiro profondo per calmarsi e, con la testa poggiata alla sua spalla, sentivo il battito regolare del suo cuore.

Mi spostai appena e sospirai. "Scusami se ieri non ti ho aperto. Ero troppo..." Però mi bloccai, non sapendo cosa dire. Probabilmente non era il momento giusto per confessargli il mio amore e dirgli quanto mi aveva fatta disperare.

Fu lui a spezzare il silenzio. "Va tutto bene, non preoccuparti. Diciamo che sono un po' arrugginito con le donne. Avrei dovuto parlarti di lui appena ho saputo la notizia. Ma, onestamente, ho preferito ignorare la situazione finché ho potuto." Fece una pausa e all'improvviso sbarrò appena gli occhi. Mi misi più comoda, tenendo la testa sulla sua spalla, ma voltandomi un poco per vederlo meglio. "Non pensare neanche per un istante che provi ancora qualcosa per Katie, la mia ex. Ormai l'ho superata da tempo. In realtà avrei dovuto ringraziare Bill. Non tanto perché la nostra fosse una relazione pessima, ma eravamo comunque molto giovani. Soltanto in quel momento l'ho vista per ciò che era davvero. Quindi tu non preoccuparti affatto," affermò solennemente, gli occhi fissi nei miei.

Neanche mi era passato per la mente, ma la sua premura mi scaldò il cuore. Il suo sguardo mi studiò il volto, come se potesse leggermi l'anima.

"Katie è venuta all'ospedale."

Inspirai violentemente. "Come mai?"

Non lo dissi ad alta voce, ma soltanto una stronza si sarebbe permessa di presentarsi in un momento simile, dopo quello che aveva fatto. Non solo aveva tradito Donovan con Bill, ma poi aveva tradito pure lui con un altro uomo.

La mia espressione gli strappò una risata. "Ma chissà che le è passato per la testa, guarda. Magari è stato il rimorso a portarla lì, per chiedere scusa. Ma Bill era in coma farmacologico, quindi non è riuscita a parlargli. E grazie al cielo. Però rivederla mi ha aperto gli occhi."

"In che senso?"

"Ho cominciato a vedere tutto in una prospettiva diversa," rispose.

Con assoluta delicatezza, mi carezzò la curva della spalla. Il suo sguardo mi fece venire la pelle d'oca.

"Tutto cosa?"

"Tu. Ciò che significhi per me."

"Oh," mormorai, senza riuscire ad aggiungere altro.

Il cuore mi batteva all'impazzata e sentivo ancora la testa leggera.

"Andrò dritto al punto, zuccherino. Non stavo cercando l'amore. Non stavo cercando una donna come te. Ma ti amo. Non mi aspetto che ricambi i miei sentimenti, magari non ora. Però so che ciò che ci unisce è più unico che raro."

Fece una pausa, come per lasciarmi parlare. Eppure, nessuna parola uscì dalle mie labbra. Con il cuore a mille e un vorticoso senso di gioia che mi cresceva nel petto, riuscivo soltanto a guardarlo.

"Sai, zuccherino, rivedendo Katie ho capito cos'è davvero l'amore. Quando stavo con lei pensavo davvero di amarla, ma ero soltanto un ragazzo di ventisei anni. Per lei non ho mai provato ciò che provo per te. Non sono un idiota, quindi non ti lascerò andare. Se hai bisogno, possiamo fare un passo alla volta, senza correre troppo. Ma te lo assicuro"—fece una pausa e posò le dita sul mio cuore, per poi portarle sul suo—"un amore come questo non è facile da trovare. Mia madre mi tormenterebbe a vita se ti lasciassi fuggire."

Temevo quasi che il mio cuore potesse esplodere da un momento all'altro. Mi sentivo come un uccellino in gabbia, le ali che battevano con forza seguendo il battito ritmico.

"Oh," dissi di nuovo, meravigliata.

Donovan chinò il capo, premendo le labbra sulle mie per un mero istante. Poi si spostò appena, facendo scivolare il pollice sul mio labbro inferiore. La pelle fremeva al suo tocco e sentivo mancarmi il fiato mentre cercavo di tenere a freno le emozioni.

Ma alla fine mi lasciai andare, sfoderando un sorriso che partiva dal cuore. "Non c'è bisogno di muoverci con calma, sai?" confessai.

"Davvero?" mi chiese, mentre un sorrisetto gli incurvava le labbra.

Oh, cielo. Quei suoi sorrisi erano pericolosi per la mia sanità mentale. Riuscivano sempre a farmi surriscaldare, a togliermi il fiato e a demolire ogni neurone.

Scossi lentamente la testa. "Beh, tanto abbiamo già saltato chissà quanti passaggi."

I suoi occhi verdi e dorati bruciavano nei miei. "Non hai tutti i torti, però so che ti sei appena separata. Certo, so benissimo di non essere un ripiego, ma voglio soltanto che tu ti senta davvero sicura."

In un lampo, realizzai che era stato proprio Glen a puntare i riflettori sui sentimenti che provavo per Donovan.

Scuotendo ancora la testa, sollevai la mano e gli tracciai il contorno della mascella, ruvida per la

barbetta. "No, non sei un ripiego. Ne sono assolutamente certa. Sarà che il tempismo non è dei migliori,
ma te lo posso assicurare. Non lo sei." Feci una breve
pausa prima di continuare. "Glen non era l'uomo che
pensavo, tantomeno l'uomo che volevo davvero al mio
fianco. Anche lui mi ha fatto un favore, perché senza
quel tradimento non avrei mai trovato te." Il cuore
martellava all'impazzata nel petto, urlandomi di dirgli
tutta quanta la verità. "Ancora non mi sentivo pronta a
dirtelo, ma dopo questa conversazione ho trovato il
coraggio. Ti amo anche io. Altrimenti non ci sarei
rimasta così male quando mi hai lasciata senza dire
nulla. Ogni tanto sono un po' troppo drammatica,"
aggiunsi, alzando gli occhi al cielo.

Di solito riuscivo a tenere a bada il mio caratteraccio, ma ogni tanto era proprio impossibile, soprattutto
quando c'erano di mezzo i sentimenti.

"Non accadrà mai più," dichiarò lui, con convinzione. Poi riportò la bocca sulla mia, prendendomi in
grembo.

Quel bacio era tutt'altro che casto. Nel giro di
qualche secondo infilò la lingua tra le mie labbra,
sfidando la mia a duello. Mi strinsi di più a lui, passan-
dogli le dita tra i capelli per tenermi ancorata alla
realtà.

Capitolo Ventinove

DONOVAN

Con il corpo rigoglioso di Jasmine contro il mio, mi persi nella sua bocca. Quella donna baciava da sogno. Con lei non c'era la benché minima esitazione. Ma in fondo era sempre stato così tra di noi, sin dal nostro primo bacio: come essere avvolti da fiamme alte e ardenti, il bruciore tanto intenso quanto delizioso.

A cavalcioni su di me, sentivo il suo sesso caldo e pulsante attraverso gli strati di vestiti che ci separavano. Ricordando però che aveva appena avuto un attacco d'asma, tirai le redini del mio desiderio. Aggrappandomi a ogni briciolo di autocontrollo che mi era rimasto, mi separai dalla sua bocca tentatrice, passandole una mano tra i capelli e lungo la curva della schiena.

"Non sai quanto mi piacerebbe continuare, ma hai appena avuto un attacco d'asma, quindi è meglio se ti riposi per un poco," mormorai.

Jasmine mi fulminò con lo sguardo, mettendo il broncio. La sua espressione mi faceva morire dal ridere.

Quella reazione non era proprio da lei. Era una

donna sexy e sensuale, genuina sia fuori che dentro. Quell'aria impertinente la rendeva ancora più erotica.

Alla mia risata, si posò una mano sul fianco e cominciò a muovere il bacino sulla mia erezione dolorante. Inspirai violentemente, tra i denti. "Dico sul serio."

Al mio rimprovero, Jasmine fece un bel respiro, ancora troppo tremolante. Un flash di un quarto d'ora prima mi schizzò nella mente, quando aveva cominciato a tossire e le avevo letto negli occhi che *non* riusciva proprio a respirare.

Correndo al piano di sopra per recuperare un inalatore mi ero ricordato di un signore che una volta avevo salvato da un incendio. Aveva avuto un brutto attacco d'asma ed era eventualmente morto.

Jasmine prese un altro bel respiro, buttandolo fuori lentamente. "Vedi? Sto bene."

Intanto il mio cuore martellava violento contro le costole, sul punto di esplodere. Sollevai la mano e le spostai i capelli dal viso, passando le dita tra le ciocche setose. "Lo so. Però non c'è bisogno di correre. E poi sono lercio, quindi vorrei farmi una doccia."

Un lampo di incertezza le attraversò gli occhi e cominciò a tormentarsi il labbro coi denti. Non stava provando a sedurmi, ma il gesto me lo fece venire ancora più duro.

"Non devi preoccuparti così tanto," sussurrò.

"Di cosa?"

Rispose con una smorfia. "Dei miei problemi di asma."

"Non mi sto preoccupando più del dovuto, davvero. Stavo solo constatando l'ovvio. Hai rischiato brutto, tutto qui. D'ora in avanti terrò sempre uno di questi cosi a portata di mano," risposi, indicando l'inalatore sul tavolino.

Jasmine alzò gli occhi al cielo, ridacchiando. Aveva il viso già più rilassato. "Anche io devo farmi una doccia," commentò, cambiando subito argomento.

La strinsi con più forza e mi alzai in piedi, tenendola tra le braccia. Non ero ancora pronto a lasciarla andare. Dopo quell'ultima settimana di merda, quel momento di intimità con Jasmine mi stava facendo dimenticare tutto. Mi trovavo esattamente dove dovevo essere.

Avevamo chiarito le cose e avevamo trovato entrambi il coraggio di confessare i nostri sentimenti. Mi sentivo l'uomo più fortunato del pianeta perché anche lei mi amava.

La trasportai in bagno e la lasciai andare, anche se con riluttanza. Accesi l'acqua e poco dopo entrammo sotto il getto, avvolti dal vapore. Soltanto in quel momento realizzai l'errore che avevo commesso.

Tra la missione e il viaggio a Denver erano passate ormai due settimane dall'ultima volta che l'avevo vista nuda. Le bollicine di sapone le carezzavano le curve, i capezzoli turgidi come sassolini. Istintivamente, allungai la mano e presi un seno tra le dita, cominciando a massaggiare il bocciolo. Con lo shampoo che scivolava via dai capelli, Jasmine sollevò la testa e incrociò il mio sguardo da sotto le ciglia ornate da goccioline. Il blu zaffiro dei suoi occhi era messo in risalto dalla nebbiolina che ci circondava.

"Non hai forse detto che sono troppo delicata?" mormorò, con un sorriso furbo.

La mia eccitazione era palese, non riuscendo a nascondere l'erezione gonfia e pulsante.

Dopo aver abbassato un secondo lo sguardo, aggiunse. "Il vapore fa molto bene ai polmoni."

Senza perdere altro tempo, riportai la bocca sulla sua e la sollevai. Mi cinse la vita con le gambe e mi voltai per premerla contro le piastrelle. Mi staccai appena da lei e le mordicchiai il labbro inferiore. Al che, cominciò a strofinare il sesso sul mio pene duro, strappandomi per un pelo un gemito di puro piacere.

"Ti amo," mormorai, la voce tremolante mentre l'acqua calda scorreva sui nostri corpi nudi.

Jasmine portò indietro la testa e aprì gli occhi. "Ti amo anche io," rispose, sussultando quando le carezzai il clitoride turgido con la cappella.

Non ce la facevo più ad aspettare. Presi in mano l'asta e mi posizionai all'apertura, spingendomi con un movimento secco nel suo calore accogliente.

Scivolai fino in fondo e poggiai la fronte alla sua.

"Cazzo, Jasmine, quant'è bello."

Guardandomi dritto negli occhi, con le labbra a un soffio dalle mie, replicò, "Già, è meraviglioso."

Conficcò i talloni nei miei glutei, facendomi dimenticare di colpo quanto cazzo mi era mancata. Stringendola forte, avvolti dall'acqua calda e dal vapore che ci avevano trasportati in una dimensione tutta nostra, mi ritrassi e affondai di nuovo in lei. Ancora e ancora. I muscoli del suo canale si stringevano attorno a me, pulsanti per il desiderio. Il suo corpo si irrigidì presto, scosso da tremiti. Soltanto allora posai il pollice sul clitoride, stimolandolo finché non lanciò un urlo di puro godimento.

L'orgasmo travolse subito anche me, il piacere così improvviso e intenso come un colpo di frusta, da lasciarmi quasi in ginocchio. Jasmine lasciò ricadere la testa nella curva della mia spalla. Restammo fermi così a lungo, cercando di riprendere fiato immersi nel vapore della doccia.

Capitolo Trenta

JASMINE

Mi stavo rilassando sul divano, i piedi poggiati sul grembo di Donovan. Per mia grande delizia indossava soltanto un paio di jeans, lasciando in bella mostra il torace. Avrei passato volentieri tutta la vita ad ammirarlo.

Era quasi ridicolo quanto sexy fosse quell'uomo, tutto muscoli duri e sodi. Senza neanche pensarci, mi sporsi verso di lui e cominciai a tempestargli il petto di baci.

Ridacchiò, portando i suoi occhi allegri nei miei. "Oh, zuccherino, niente secondo round. Non ce la faccio proprio, sono esausto."

"Beh, tu non devi fare proprio un bel niente. Voglio solo gustarmi la tua pelle."

Avevamo ordinato della pizza e ci stavamo riposando nella sua suite. Dopo la doccia insieme mi sentivo scoppiare di gioia; ero proprio al settimo cielo. Mi aveva raccontano qualcosa in più su Bill, cos'era successo a Denver e un poco della sua famiglia. Per l'appunto, i suoi genitori sarebbero venuti a trovarlo un paio di settimane dopo.

Voleva farmeli conoscere, ma il pensiero non mi spaventava. All'inizio magari un pochino sì, perché incontrare i suoi genitori avrebbe reso tutto molto più serio e reale. Ma poi Donovan mi aveva preso la mano per stampare un bacio sulla pelle delicata dell'interno del polso. In quel momento realizzai che quando stavo con lui andava sempre tutto per il meglio e che mi faceva sentire al sicuro.

La televisione era accesa, ma nessuno dei due stava prestando molta attenzione al programma. Ogni tanto mi appisolavo, ma dopo una nottata insonne e una giornata carica di lavoro c'era anche da aspettarselo.

"Per caso conosci i miei genitori?" gli domandai, cosa che poteva essere molto plausibile.

Un attimo dopo ricordai una delle ultime conversazioni avute con mia madre. "Oh, aspetta, mia mamma mi ha detto che ti conosce." In effetti era amico di mio fratello. Non che me ne fossi dimenticata, ma avevo cercato di ignorare quel piccolo inconveniente. "Forse è meglio se raccontiamo a Levi di noi due."

"Hai proprio ragione. Ci stavo pensando anche io prima di partire per Denver, però la decisione spetta a te," rispose Donovan.

"Beh, sappi che è il classico fratello maggiore. Magari non lo diresti mai perché è un tipo alla mano e spiritoso, ma con me no. O almeno, qualche volta."

Donovan si strinse nelle spalle. "Anche io sarei molto protettivo, se avessi una sorella. Quindi lo capisco. Se si incazza e gli viene voglia di prendermi a pugni, beh... faccia pure."

"Mica ti prenderebbe a pugni! Non glielo permetterei mai. Gli dirò che tra di noi c'è qualcosa di serio, quindi dovrà farsene una ragione."

Donovan si fece una risata. "Oh, io mi prenderei a pugni."

"Anche se ti dicessi di non farlo?"

Annuì alla mia domanda e il luccichio nei suoi occhi mi fece venire le farfalle allo stomaco.

"Zuccherino, a un uomo non piace pensare a chi vuole fottersi sua sorella. Ti amo, ma non ti mentirò, è proprio per questo che mi sono avvicinato a te. Appena ti ho messo gli occhi addosso ti ho desiderata da impazzire."

Un brivido elettrizzato mi pervase. "Davvero?"

"Oh, eccome. Sei meravigliosa quando ti incazzi. Sexy da morire. Ancora non abbiamo litigato sul serio, ma sappi che mi piacerà anche troppo. Già mi sogno il sesso riparatore."

Il mio cuore prese di nuovo a battere all'impazzata, pronto a schizzarmi fuori dal petto. Gli studiai il volto, le guance in fiamme. Proprio non riuscivo a credere alle sue parole. Sicuramente riusciva a leggermelo negli occhi.

Mi carezzò la guancia con il pollice. "Già, sono proprio cotto di te, zuccherino."

Oltre un anno dopo

Mi appoggiai alla ringhiera della terrazza dietro alla galleria Midnight Sun Arts, lo sguardo puntato verso le acque della baia. Dalla parte opposta si alzavano le montagne, le cime innevate che brillavano contro il cielo azzurro.

Un vento gelido si sollevò dall'acqua e mi sistemai la giacca sulle spalle. Presi un'ultima boccata d'aria fresca salmastra e poi mi voltai per tornare dentro. In corridoio mi scontrai contro Donovan, che stava venendo nella mia direzione.

"Hai freddo?" Mi sorrise. "La galleria si sta riempiendo di gente" mormorò, premendomi contro il muro. Incrociai i suoi occhi color nocciola, studiando le linee decise del volto. Riusciva ancora a mozzarmi il fiato. Il cuore mi batteva all'impazzata, mentre uno stormo di farfalle aveva invaso lo stomaco.

Continuavo a ripetermi che prima o poi quell'uomo avrebbe smesso di farmi quell'effetto, ma per il momento non era ancora successo. Non che mi potessi lamentare. Mi intrappolò tra le braccia, tenendomi stretta a sé in quell'angolino appartato. Trattenni il fiato quando mi passò un dito sulle labbra. Per provocarlo, lo presi tra i denti e ci feci roteare attorno la lingua, godendomi la sua reazione immediata.

Se quell'uomo aveva pieni poteri su di me, valeva pure l'opposto. Sapevo benissimo come far cadere Donovan Ryan in ginocchio e lui sapeva come fare lo stesso con me.

"Ehi, non farmi impazzire," mormorò, chinando la testa per baciarmi. Mi dischiuse le labbra con la lingua, che cominciò una danza sensuale con la mia. Quando si fermò lasciò scivolare la mano lungo il lato del mio seno, arrivando lentamente fino al sedere per premermi contro l'erezione.

E così, le mie mutandine si disintegrarono in mezzo secondo. Qualcuno mi chiamò e Donovan mi rivolse un sorrisetto malizioso.

"Il dovere chiama," mormorò. "Concludiamo più tardi."

Si strofinò un'ultima volta contro di me e un calore languido mi pervase il ventre, mentre i capezzoli turgidi premevano contro il tessuto della maglietta.

"Non è giusto," borbottai.

Con una risata, fece un passo indietro. "Hai cominciato tu, zuccherino."

Rimasi poggiata al muro, le guance in fiamme. "Eh, no. Sei stato tu."

La sua risata roca riecheggiò nel mio corpo, mandando scariche di piacere in ogni angolo. Santo cielo, rischiavo di morire giovane per gli effetti che aveva sul mio cuore.

Mi spinsi via dal muro e mi prese per mano, stringendo con decisione, per portarmi di nuovo nella galleria. Quell'anno ne erano successe di tutti i colori e il tempo era come volato. Come ogni anno, Risa aveva organizzato un evento per il solstizio di inverno. I festeggiamenti si tenevano in tutte le altre gallerie, ma quella di Diamond Creek era speciale. La vedeva quasi come una figlia. Mi aveva invitata all'evento per socializzare con gli altri ospiti.

Un anno e mezzo prima, durante l'estate, Donovan si era preso un weekend di pausa per lavorare al mio studio. Avevo dunque cominciato a lavorare senza sosta, vendendo tantissime opere. Nel mio cuore, Willow Brook era sempre stata la mia casa, ma Donovan era diventato il mio tutto.

Ci eravamo sposati la primavera di quell'anno, perché lui non voleva più aspettare. In realtà nemmeno io. Levi non gli aveva mai messo le mani addosso, anche se un po' di tensione tra i due si era creata comunque.

Ero diventata finalmente zia della piccola Glory, la figlia di Lucy e Levi. L'avevano chiamata Gloria come nostra madre, ma tutti la chiamavano Glory. Con una mamma come Lucy, era proprio una bambina vivace ed esuberante.

Il B&B di Janet non era più il nostro nido d'amore. Durante l'ultimo inverno passato lì avevamo benedetto praticamente ogni stanza di quel posto, per poi trasferirci nella nuova casa di Donovan. O meglio, la *nostra* nuova casa.

Con la mano calda di Donovan nella mia, mi facevo strada tra la folla. Non ero l'unica artista presente alla serata. La voce di poco prima era quella di Risa, che si avvicinò con occhi brillanti e mi passò un braccio sulle spalle.

"Entro la settimana prossima rimarremo senza

opere tue, sai? E dato che il periodo natalizio è alle porte, ti conviene lavorare il doppio."

Un senso d'ansia mi assalì, ma lo ignorai. Ormai avevo capito che certi problemi erano assolutamente i benvenuti, proprio come quello lì.

Le risposi con un sorriso. "Certamente. Farò del mio meglio. Preferisco lavorare come una matta che non lavorare affatto."

Ridacchiò proprio quando qualcun altro la chiamò. Fece per girarsi, ma prima concluse con, "Ah, giusto. Te l'avevo detto." Mi fece l'occhiolino, riferendosi alla nostra prima conversazione. Ci salutò e poi corse via, cercando la persona che la stava chiamando.

Donovan era il mio più grande sostenitore e mi accompagnava a tutti gli eventi nonostante fossero fuori dalla sua zona di comfort. Tra le cose che più amavo dell'Alaska c'era senz'altro l'accozzaglia di persone che ci vivevano o la frequentavano. Quella sera, la galleria pullulava di artisti, pescatori, uomini d'affari e così via. Tanta gente diversa accomunata da un forte senso di comunità.

Più tardi, Donovan era poggiato alla testiera del letto del B&B che avevamo prenotato per la serata. Il suo petto muscoloso luccicava nella luce fioca. Allungò la mano verso di me mentre uscivo dal bagno. Era un miracolo che riuscissi anche solo a reggermi in piedi.

Mi aveva fottuta fino allo sfinimento, facendomi esplodere più volte di quante potessi contarne. Ma lo faceva spesso. Mi infilai una delle sue magliette sopra la testa e scivolai accanto a lui sotto le coperte, accoccolandomi sul suo fianco.

"Quindi torniamo domattina?" gli chiesi.

"Sì... Tempo permettendo."

Ridacchiò e scoccò un'occhiata alla finestra. Avevamo lasciato le tende aperte, perché tanto nessuno ci avrebbe visti. Una porta finestra dava su un balconcino. La luna brillava nel cielo, riflettendosi sulle acque e proiettando la sua luce argentea sui fiocchi di neve che cadevano.

Donovan riportò lo sguardo su di me prima di continuare. "C'è il rischio che possa peggiorare, quindi in quel caso ce ne rimaniamo rintanati qui."

Poi le sue labbra calde trovarono le mie e mi abbandonai tra le sue forti braccia.

DONOVAN

Qualche mese dopo

Uscii fuori ignorando il freddo pungente e presi una boccata d'aria. Era una bella giornata gelida e la primavera era giusto dietro l'angolo. Avevo preparato una sorpresa per Jasmine, ma mi era rimasta un'ultima cosa da fare.

Entrai nel piccolo stabile dietro la nostra proprietà e mi chiusi la porta alle spalle. Quando avevo acquistato il terreno c'era soltanto quel caseggiato, che un tempo era stato usato come bilocale. Ormai era tutto pronto, dovevo soltanto installare il forno.

Avevo invitato i miei genitori a stare da noi per qualche settimana, per distrarre Jasmine mentre io mi occupavo di quel piccolo progetto. Quel giorno mia madre si era fatta accompagnare da Jasmine ad Anchorage. La mia vita era diventata molto meglio di quanto avrei mai potuto immaginare. Eravamo sposati da più di un anno e il mio amore per lei non aveva fatto che crescere.

Onestamente, il sesso era fantastico, ma non era

per quello che l'amavo… Anche se ero diventato il suo schiavetto.

Appena prima che potessi prendere il telefono e chiamare Levi, qualcuno bussò con forza alla porta. Andai ad aprire e trovai lui e Cade. "Eccoci. Il forno è sul retro del pick-up di Cade," disse Levi, senza soffermarsi sui convenevoli.

"Grandioso. Allora mettiamoci all'opera," replicai.

Alla fine, il nuovo studio di Jasmine aveva uno scintillante forno nuovo di zecca. Stava ancora usando lo spazio dietro al Firehouse, ma c'erano giorni in cui ci passava ore e ore. Quando si dedicava al lavoro perdeva la cognizione del tempo. Ma vedendo quanto lo amava non potevo fargliene una colpa. Però volevo comunque aiutarla e facilitarle le cose, soprattutto per i periodi più freddi. Non volevo più dovermi preoccupare quando le veniva l'ispirazione all'improvviso e si metteva in auto a orari strani del giorno e della notte.

Nel frattempo, i proprietari della Midnight Sun Arts avevano deciso di aggiungere un'altra galleria al loro gruppo, proprio nella nostra Willow Brook. Avrebbe aperto durante l'estate, ma Risa stava già assillando Jasmine, che aveva accettato di aiutarla con tutto tranne che con le vendite. Jasmine non lo sapeva, ma avrebbero usato il suo vecchio studio come magazzino.

Cade ci aveva già lasciati da un po' e io e Levi uscimmo dal casolare. Quando gli avevamo rivelato di noi si era incazzato tantissimo, e giustamente. Proprio come avevo detto ai tempi a Jasmine, avrei reagito pure io allo stesso modo. Però non era mai passato alle mani, grazie al cielo.

"Sei un brav'uomo," commentò, dandomi una pacca sulla spalla. "Ammetto che all'inizio ero furioso, ma non poteva capitarmi un cognato migliore."

Le sue parole mi strapparono una risata. "Amo Jasmine e immagino che ormai l'abbia capito anche tu. Farei qualunque cosa per lei, dico sul serio."

Levi incrociò il mio sguardo e annuì. "Lo so." Detto ciò, si voltò ed entrò in auto.

Le mie donne tornarono qualche ora dopo. Mamma si avvicinò e mi stampò un bacio sulla guancia, abbracciandomi forte. Quel giorno non si era messa in cucina, ma profumava comunque di zucchero e cannella. Però, in fondo, per me aveva sempre quel buon odore.

Si sollevò sulla punta dei piedi e mi sussurrò all'orecchio, "Io vado di sopra a riposare, tu porta Jazzy a vedere lo studio."

Poi, come se per lei non fossi mai cresciuto, mi diede un pizzicotto alla guancia.

Trovai Jasmine che riponeva la spesa, i capelli ambrati raccolti sopra la testa.

"Ehi, zuccherino, hai un minuto?" le chiesi. Mi misi alle sue spalle, la cinsi tra le braccia e chinai la testa per inalare il suo profumo.

Chiuse un mobile e si girò verso di me. Il mio corpo reagì all'istante e mi venne duro. Purtroppo però non potevo lasciarmi guidare dall'uccello. Mio padre era fuori in cortile a lavorare su chissà quale progetto e mia madre era al piano di sopra.

Chiesi scusa con una preghierina e le stampai un bacio fugace sulle labbra. Bastò una rapida carezza della sua lingua a farmi fuori. Feci però appello a tutto il mio autocontrollo e la lasciai andare. Aveva le guance arrossate e un luccichio negli occhi blu.

Si morse il labbro, trattenendo un sorrisetto. "Non è il momento," sussurrò.

"Lo so bene," replicai, facendo un passo indietro e

prendendola per mano. "Però voglio farti vedere una cosa. Vieni con me."

Mi lanciò un'occhiata colma di curiosità. Senza esitare un attimo, si lasciò trascinare fuori dalla cucina. L'estate prima eravamo riusciti a sistemare il cortile, rendendolo piacevole e accogliente. In quel momento la neve si stava sciogliendo e si sentiva lo scroscio di un ruscello che scorreva tra gli alberi dietro la villa. C'era un motivo se la primavera in Alaska era chiamata stagione del fango. La neve passava settimane e settimane a sciogliersi, trasformando il terreno in fanghiglia. E poi i ghiacciai che si scioglievano sui monti riempivano i fiumi, facendoli straripare. Jasmine, sempre pronta a tutto, indossava degli scarponi in pelle, quindi non ebbe problemi ad attraversare insieme a me il cortile.

In quell'ultimo mese avevo approfittato di ogni sua assenza per mettermi a lavorare sullo studio. Di solito per un progetto del genere mi sarebbe bastato qualche giorno. All'esterno il caseggiato richiedeva ancora qualche manutenzione, ma l'interno l'avevo trasformato completamente.

Raggiunta la porta, mi girai a guardarla.

"Che ci facciamo qui? Ti prego, non dirmi che hai preso qualche animale e ti sei dimenticato di dirmelo fino ad ora."

Ridacchiai. Chissà quante storie aveva già sentito sul maialino che avevamo in famiglia durante la mia infanzia. A pensarci, mi mancava ancora. Si chiamava Ben e aveva vissuto a lungo, lasciandoci giusto pochi anni prima. Ero convinto che prima o poi sarei riuscito a convincerla a prenderne uno.

"Oh, no. Di quello ne parliamo un'altra volta. Dai, entriamo."

Aprii la porta e accesi la luce.

Jasmine mi seguì dentro e rimase subito senza fiato, fermandosi a guardare la stanza con incredulità. "Oh, mio Dio! E questo quando l'hai fatto?" strillò, emozionata.

Prima ancora che potessi risponderle, mi gettò le braccia al collo e si lanciò su di me. La presi al volo e la strinsi forte.

Portò indietro la testa, gli occhi lucidi dalle lacrime. "È il regalo migliore del mondo! Certo, adoro lo studio in città, ma..." Non continuò la frase.

"Volevo portarti il lavoro a casa. Che ne pensi?"

Chinò la testa e la affondò nella curva della mia spalla. "Grazie mille," mormorò, la voce ovattata. Quando la sollevò, si liberò dalla presa e cominciò a esaminare lo studio.

"Mi hai comprato un forno nuovo?" domandò, il tono meravigliato. "Come hai fatto a portarlo qui?"

"Potrei aver chiesto una mano a Levi e Cade. E può essere che i miei sono venuti a trovarci perché volevo avere tutto pronto prima della stagione in cui dovrai lavorare di più."

Rimase immobile per un secondo e poi cominciò a camminare lentamente. I suoi passi riecheggiavano nella stanza semi vuota. Poco dopo si girò verso di me ed eliminò la distanza che ci separava. Fermandosi a un soffio dal mio corpo, allungò la mano e prese la mia, sollevando l'altra per tracciarmi il contorno delle labbra con le dita.

Il suo tocco ardente lasciò una scia incandescente. Proprio come la notte in cui ci eravamo conosciuti.

"Sono davvero una donna fortunata. In caso non te lo ripeta abbastanza, sappi che ti amo," dichiarò, mettendosi in punta di piedi per baciarmi.

"Quello fortunato sono io, zuccherino."

Una cosa tirò l'altra e portò a una scappatella nel

suo nuovo studio, dove battezzammo il nuovo tavolo da lavoro.

Quella sera, dopo essere tornati a casa mano nella mano e aver mangiato un'ottima cenetta preparata da mia madre, scivolai nel letto accanto a Jasmine. Il chiaro di luna proiettava un bagliore argentato sulla sua silhouette.

Quella donna l'avrei seguita in capo al mondo, perché casa mia era lei. Le carezzai dolcemente la spalla e sospirò, strofinando il sedere contro di me.

Mi svegliai il mattino seguente col suo corpo caldo e morbido tra le braccia, avvolto dai raggi del sole che si alzava dietro le cime innevate dei monti. Avevo trovato la donna dei miei sogni, che amavo con tutto il cuore e l'anima. Non avrei potuto chiedere di meglio. Ormai era diventata il mio tutto.

A seguire, la storia di Harlow e Max in Così Mi Sciolgo. Un magnate della tecnologia si scontra con una tosta eroina hotshot. Ma gli opposti si attraggono... O no?

Prenota usando 1-Click: Così Mi Sciolgo

J. H. Croix, autrice bestseller americana, vive con il marito e due cani molto viziati in una piccola cittadina del Maine. Croix scrive romanzi contemporanei da capogiro, con eroine grintose e maschi alfa che non hanno paura di mettere a nudo le proprie emozioni. Il suo amore per i borghi suggestivi e i loro abitanti traspare dalla sua scrittura. Lasciatevi trasportare nel mondo turbolento dei suoi romanzi bestseller!

jhcroixauthor.com
jhcroix@jhcroix.com